Golden Devil
Pure Erotic

Julia Andersson

Feuchte Höhepunkte

Erotische Geschichten

Golden Devil
Pure Erotic

Golden Devil Edition

1. Auflage: August 2009
1. Überarbeitete Auflage: November 2010

Taschenbuchausgabe

Herstellung und Verlag
Books on Demand GmbH, Noderstedt
ISBN 978-3-8423-3714-5

Inhaltsverzeichnis

Feucht-fröhlicher Geburtstag

Es ist Mitternacht, als mein Kumpel Marc und ich im Londoner Stadtteil Mayfair aus dem Bus steigen. Es nieselt und wir flüchten uns schnell unter das Vordach des nächsten Pubs. Marc schaut auf seine Uhr: »Drei, zwei, eins …« Er umarmt mich und klopft mir auf die Schulter: »Alles Gute zum Geburtstag!«

Ich seufze und lasse alles über mich ergehen. Denn eigentlich hatte ich gehofft, Marc hätte vielleicht doch vergessen, dass auch ich ab heute Nacht dreißig bin.

Er setzt seinen Rucksack ab, holt ein kleines blaues Päckchen hervor und drückt es mir stolz in die Hand.

»Herzlichen Glückwunsch, Tom!«

»Danke!«, sage ich wirklich überrascht und freue mich nun doch, dass Marc an mich gedacht hat.

Gespannt nehme ich das etwas zerknautschte Geschenk an und betaste es neugierig. Es ist zu weich und zu klein, um eine CD oder DVD zu sein.

Marc grinst breit: »Los, mach schon auf!«

Ich löse das rote Geschenkband und zerreiße das dünne Papier. Was ist *das* denn? Ein Slip? Ein schwarzer Stringtanga?

Ich halte das zugegebenermaßen heiße Höschen hoch, schaue durch die schwarzen Spitzen zu meinem Kumpel und muss lachen: »Was soll mir denn dieses Geschenk sagen? Gibt es dazu wenigstens auch eine Frau?«

Marc legt mir den Arm um die Schulter: »Gar nicht mal so schlecht, deine Schlussfolgerung. Das ist der Gutschein für einen Abend im wahrscheinlich heißesten Club der Stadt. Du erinnerst dich vielleicht daran, dass ich dir schon von der ›Black String Lounge‹ erzählt habe?«

Ich nicke.

Marc dreht sich mit mir um und zeigt auf ein unscheinbares Haus an der nächsten Straßenecke.

»Und da wären wir auch schon!«

»Das meinst du doch nicht ernst?!«, pruste ich hervor. Marc hatte mir schon mehrmals von diesem Club erzählt, aber ich habe nicht einmal die Hälfte seiner unglaublichen Storys ernst genommen. Und nun soll ich diesen Club besuchen? Ich bin sprachlos.

»Natürlich meine ich das ernst, Tom. Und ich bin mir auch sicher, dass du diesen Abend nicht so schnell vergessen wirst!«

»Na, dann rein in die gute Stube! Meinen kleinen Glücksbringer stecke ich lieber ein. Vielleicht finde ich ja doch noch die Dame, die dieses Höschen vermisst …«

***

Wir steigen einige Stufen nach unten und betreten einen Raum, der mich an das Wohnzimmer in einer alten, leicht heruntergekommenen Wohnung erinnert. Allerdings steht in diesem Wohnzimmer eine überdimensionierte Bar.

Die Decken sind hoch und stuckverziert, aber der Putz bröckelt bereits an einigen Stellen. Die großen runden Leuchter, die von der Decke hängen, tauchen alles in ein angenehmes blaugrünes Licht, begleitet von einer ruhigen Loungemusik, die nur gelegentlich von den Beats aus dem Nebenraum übertönt wird. Das Ambiente ist zumindest schon einmal höchst interessant!

Wir schlendern an die Bar und Marc bestellt uns beiden jeweils einen Cocktail. Er gibt mir das Glas und kommentiert mit einem Augenzwinkern: »Das ist hier der Hauscocktail: der sogenannte Muschi-Surfer. Auf dich und auf einen feuchtfröhlichen Abend!«

»Ich kann es kaum mehr erwarten!«

Wir stoßen an und nehmen jeder einen großen Schluck aus unseren Gläsern. Der Alkohol brennt in meinem Hals, bevor sich dann der süße Geschmack von Maracuja und Ananas in meinem Mund ausbreitet. Ich nehme gleich noch einen

Schluck und lasse dann meinen Blick an der Bar entlang wandern.

Zu meiner Linken steht ein Mann um die vierzig mit einer dunklen Lederhose und einem schwarzen, ärmellosen Netzhemd. Seine Partnerin trägt ein enges rotes Lackkleid, dessen Reißverschluss über ihrer üppigen Brust beginnt und kurz unter ihrem Schritt endet. Seine Hand liegt auf ihrer Hüfte, die ihre auf seinem Po.

Ich schaue nach rechts und blicke direkt in zwei blaue Augen. Ein Lächeln. Ich blinzle, lächle verschämt zurück und nehme einen weiteren Schluck aus meinem Glas. Dann ein zweiter vorsichtiger Blick nach rechts. Sie sieht nicht mehr zu mir und unterhält sich mit ihren Freundinnen. Sie stoßen an, lachen, und dann prostet sie mir zu. Ich proste zurück und merke, wie mein Gesicht ganz heiß wird. Meine Hand zittert leicht. So ein Mist! Kann ich nicht wenigstens einmal locker bleiben, wenn mich eine hübsche Frau anlächelt?

Es sind fünf Mädels. Alle ähnlich gekleidet: kurze Röcke und enge Hemdchen oder Bikinitops. Die Blonde trägt einen schwarzen Rock und ein enges Ledertop, das ihren Busen mehr als vorteilhaft betont. Ihre blonden Haare fallen lockig auf ihre nackten Schultern. Neben ihren rot geschminkten Lippen sitzt ein kleines Muttermal, das bei jedem ihrer Worte und beim Lächeln süße Hüpfer auf ihrer Wange vollführt.

Sie schaut wieder zu mir, zwinkert mir zu und ich proste noch einmal zurück. Dann drehe ich mich zu Marc. Der sieht mein seliges Grinsen und gibt mir einen leichten Stoß in die Rippen: »Geiler Schuppen, was? Und hier sind echt heiße Mädels unterwegs.«

»Wem sagst du das! Mir ist ja jetzt schon heiß, wenn ich mich nur umschaue. Von dem Dresscode hier hast du mir aber nichts gesagt. Der scheint zu lauten: nur so viel wie nötig und dafür so scharf wie möglich.«

Marc lacht.

»Das stimmt. Glaub mir, man kann hier einiges erleben! Komm, ich zeige dir die anderen Räume!«

Ich nicke.

Beim Aufstehen wage ich noch einmal einen kurzen Blick nach rechts. Eigentlich eine Schande, jetzt zu gehen! Aber der Abend ist ja noch jung. Vielleicht sieht man sich auf der Tanzfläche wieder. Ich proste der Blondine noch einmal zu und beeile mich dann, Marc zu folgen.

Der nächste Raum ist deutlich größer als die Bar. Die Musik wummert ohrenbetäubend. Bunte Lichter tanzen an der Decke und am Boden.

Um Marc zu folgen, muss ich an einem Pärchen vorbei, das eng umschlungen auf der Tanzfläche steht. Als ich mich an den beiden entlangdrücke und mich für meine Indiskretion per Handzeichen entschuldigen will, sehe ich, wie die Hand der Frau gerade direkt in den Schritt ihres Partners wandert! Ich verschlucke mich prompt an meinem Cocktail und werde von einem Hustenanfall geschüttelt. Die beiden lassen sich aber nicht stören. Sie öffnet stattdessen seine Hose, verdreht ihre Hand und umfasst ganz eindeutig von oben seinen Penis! An seinem Gesicht kann ich sehen, dass er dies alles sehr genießt. Gleichzeitig fährt seine Hand nun unter ihr Top und massiert ihren Busen. Dann küssen sie sich leidenschaftlich.

»Wow«, entweicht es mir spontan.

Ich beschleunige mein Tempo und schließe zu Marc auf. Während ich hinter Marc hergehe, entdecke ich an mehreren Stellen auf der Tanzfläche noch mindestens genauso frivole Spielchen. Eines ist klar: In diesem Club ist es nicht nur temperaturmäßig sehr heiß!

Ich wische mir den ersten Schweiß von der Stirn. Meine Hände sind inzwischen ebenfalls feucht und suchen Halt am Cocktailglas. Eine deutliche Begehrlichkeit erwacht in meiner Lendengegend. Meine Jeans wird enger.

»Wo sind wir hier, Marc? Ist das ein Swingerclub?«

Als ich keine Antwort von ihm erhalte, drehe ich mich zu ihm um, aber er ist verschwunden. In der Menge untergetaucht.

»Scheiße«, entfährt es mir. Was mache ich denn jetzt? Hektisch drehe ich mich im Kreis, recke meinen Kopf und schaue suchend nach allen Seiten. Dann entdecke ich sein grünes

Hemd nur wenige Meter von mir entfernt mitten auf der Tanzfläche. Ich atme auf.

Er redet mit zwei Mädels in Bikinis. Alle drei lachen und dann zeigt Marc auf mich. Die beiden Frauen winken und bedeuten mir, zu ihnen zu kommen. Ich proste erst einmal nur kurz zurück und will gerade hinübergehen, als ich wieder ein angenehmes Ziehen in meinen Lenden spüre und sich mein Penis deutlich regt.

Mist! Jetzt komme ich wie ein notgeiler Idiot daher, der schon beim Anblick der beiden einen Steifen hat! Die Ausbeulung in meiner Hose ist schon nicht mehr zu übersehen. Aber was soll ich machen? Außerdem laufen die beiden Gören da drüben so sexy herum, dass ich sicherlich nicht der Erste mit einer solchen Reaktion bin. Also, worauf warte ich noch?

Die Größere der beiden begrüßt mich: »Hallo, Tom. Ich bin Mandy und das ist Tina. Alles Gute zum Geburtstag!«

Beide geben mir ein Küsschen auf die Wange.

»Hallo. Schön, euch kennenzulernen.« Mehr fällt mir nicht ein.

Ich schaue auf Mandys roten Bikini, der ihren üppigen Busen mehr als appetitlich verpackt, dabei aber noch genug Haut zeigt, um meine Lenden noch weiter zu inspirieren. Meine Hose wird nun verdammt eng!

Mandy spricht bereits weiter: »Ich habe gehört, du hast bisher nur ein Geschenk erhalten! Dann bekommst du von uns beiden dein zweites!«

Während ich Mandy und Tina noch etwas verwirrt anschaue, um zu verstehen, was für ein Geburtstagsgeschenk die beiden nun aus ihrem Bikini hervorzaubern werden, fassen Mandys Hände an meinen Hosenbund, öffnen meinen Hosenknopf und schieben die Jeans nach unten. Tinas Hände fahren zeitgleich unter mein T-Shirt und kitzeln mich mit ihren langen Fingernägeln an den Brustwarzen. Die Haare an meinen Armen stellen sich sofort auf.

Als Mandy nun anfängt, auch noch an meinen Boxershorts zu zupfen, greife ich nach ihrer Hand und zerre sie von meinen Shorts weg.

»Hey, jetzt sei doch kein Spielverderber, Tom. Das ist mein Geburtstagsgeschenk an dich! Mach dich mal locker! Die Mädels wissen schon, was sie tun«, höre ich Marc hinter mir.

Ich seufze und lasse meine Hände demonstrativ sinken, um die beiden Bikinischönheiten gewähren zu lassen.

Als Mandy mich nun wieder an meinen Lenden berührt und meine Boxer mit einem Ruck herunterzieht, steigt meine Körpertemperatur schlagartig um mindestens zehn Grad an! Schweiß tritt aus sämtlichen Poren meines Körpers. Ich wische mir die Hände an meinem Shirt ab. Es ist wie in einer Sauna hier!

Diese Mädels sind echt unglaublich. Was wollen die wohl noch alles mit mir machen? Wenn ich nur Mandys Busen anschaue, wird mir schon fast schwindelig. Was soll erst passieren, wenn sie meinen Schwanz berührt?

Und jetzt zwinkert mir auch noch Tina verschwörerisch zu und lässt ihre Finger über meinen Bauch wandern. Ihre Nägel kratzen angenehm über meine Haut. Ein Schauer läuft durch meinen Körper. Ich seufze leise auf und schließe die Augen. Was bleibt mir denn noch, außer mich diesem Genuss hinzugeben?

Als ich einen Moment später meine Augen wieder öffne, sehe ich, wie sich Mandy gerade vor mir auf den Boden kniet. Wieder dieses Zittern in meinen Händen. Wird sie etwa …? Oh, mein Gott, ja, ich glaube sie will wirklich … Mit zwei Zügen leere ich mein Cocktailglas. Marc nimmt es mir zum Glück ab.

Mein steifer Schwanz ragt ihr jetzt in seiner vollen Größe auf Augenhöhe entgegen. Sie lacht und umschließt meinen Schaft fest mit ihrer rechten Hand. Oh ja! Genau so!

Ein flammender Blitz schießt von meiner Eichel durch meinen Penis und explodiert in meiner Mitte. Die Hitze breitet sich in meinem Schritt aus. Ich halte die Luft an und flehe. Bitte, nimm ihn in den Mund. Schnell!

Was ist das? Eine schmale Hand wandert von hinten zwischen meine Beine. Das muss Tina sein. Ein schweißnasser Busen presst sich gegen meinen Rücken. Lippen gleiten heiß über meinen Nacken. Dann umfasst Tina von hinten meinen

Sack. Drückt leicht. Oh ja! Ein erneuter Schauer breitet sich von meiner Mitte über den ganzen Körper aus.

Ich schaue wieder vor mir nach unten. Mandy hält meinen harten Schwanz fest in ihrer Hand und führt ihn langsam an den Mund. Jetzt gleich …

Ganz leicht berührt ihre weiche Zungenspitze meine pralle Eichel. Wieder zuckt ein Blitz durch meine Härte, erfasst meine Lenden und zerspringt dort in tausend winzige Feuerpfeilchen, die in meine Arme und Beine schießen.

Meine Anspannung löst sich mit einem lauten Stöhnen: »Oh, ja … weitermachen!«

Ihre zarte Zunge umkreist meine Spitze. Erst einmal, zweimal, dreimal. Dann umschließen ihre weichen Lippen meine Eichel eng und sie nimmt meinen Schwanz endlich ganz in ihren Mund auf. Meine Finger krallen sich in ihre lockigen Haare. Ich ziehe die Luft scharf zwischen meinen Zähnen ein. Du geiles Stück!

Mich überkommt das unbändige Bedürfnis, fester in ihren Mund zu stoßen, um mich noch stärker an ihrem Rachen zu reiben. Ich drücke erst sanft, dann immer fester von vorne gegen sie und halte ihren Kopf fest. Aber Mandy weiß, was sie tut! Und sie macht es hervorragend! Geschickt schafft sie es, mich mit ihrer zweiten Hand auf Abstand zu halten. Dabei lässt sie sich in ihrem Zungenspiel nicht irritieren. Ich drohe gleich zu explodieren! Das kann doch alles nicht hier und jetzt passieren! Dieses Luder bringt mich noch um den Verstand!

Ich umfasse ihren Kopf etwas fester und schließe meine Augen, um mich ganz auf Mandys unbeschreibliches Lecken zu konzentrieren, auf diesen teuflischen Zyklus der Lust. Sie fängt immer damit an, sich mein Glied gleichmäßig in ihren Mund zu schieben, um es dann wieder langsam herauszuziehen. Aber nicht vollständig! Denn sobald ihre Lippen meine Eichel erreichen, umschließt sie diese fest. An dieser Stelle stoppt sie kurz, umspielt meine Spitze erst mit ihrer Zunge und drückt dann leicht gegen meine Eichel, bis ich aufstöhne, weil mir wieder heiße Blitze in meine Lenden schießen, die dort explodieren und feurige Wellen durch meinen Körper schicken. Erst dann führt Mandy meinen Penis wieder tiefer in ihren lüsternen Mund und leckt an meinem Schaft entlang, um dann das ganze Spiel zu wiederholen. Diese süße Qual! Lange halte ich das nicht mehr aus! Die heißen Schübe überkommen mich in immer kürzeren Abständen!

Mit einem Mal öffnet Mandy aber ihren Mund und nimmt meine Penis wieder in die Hand. Ich schaue verdutzt nach unten. Warum macht sie denn nicht weiter?

Dann sehe ich, dass sie eine Spritzdose mit Sahne in ihrer zweiten Hand hält. Wo kommt die denn jetzt auf einmal her?

Mandy schüttelt die Dose, ihr Busen wackelt im Takt.

»Dein Kumpel hat aber auch wirklich an alles gedacht!«, kichert Mandy. »So schmeckt es natürlich noch besser!«

Dann trifft mich der kühle Strahl der Sahne. Er setzt an meiner Eichel an, wandert nach oben, dreht und läuft wieder zurück zu meiner Spitze. Ich atme stoßweise aus, um mich etwas zu beruhigen.

Sie stellt die Dose wieder zur Seite und nähert sich mit ihrem Mund meinem Penis. Was ist das? Da hat doch eben ein rundes Kügelchen auf Mandys Zunge aufgeblitzt. Ist dieses kleine Biest etwa auch noch gepierct?! Ich ächze leise auf. Schon bei dem puren Gedanken, von diesem Kügelchen gleich massiert zu werden, schwillt meine Härte noch einmal deutlich an. Die Hitze in diesem Raum ist unerträglich!

Mandy schließt ihre Augen, streckt ihre Zunge heraus und leckt mit der ganzen Breite ihrer Zunge an meinem Schaft entlang die Sahne ab. Das runde Piercingbällchen wandert dabei langsam an meinem Glied nach vorne. Der leichte Druck, der von diesem himmlischen Kügelchen ausgeht, hinterlässt eine Spur winziger Explosionen in meinem Inneren, die erst durch meine Lenden und dann durch meinen ganzen Körper schießen. Ich kann nicht mehr an mich halten und stöhne laut auf.

Gleichzeitig werden Tinas Hände immer gieriger: Ihre Finger krallen sich von hinten in meine Brust, fahren über meinen Bauch und drücken dann wieder meinen Sack.

Wie soll ich das alles nur weiter ertragen? Gleich explodiere ich und spritze alles in Mandys Gesicht! Ja, schieb ihn rein! Oh ja, weiter!

Wie kann ich meinen Orgasmus bloß noch etwas hinauszögern? Ich will, dass es einfach nie endet! Was kann mich von dieser Lust hier ablenken? Mich abstoßen! Frau Walter! Diese unfähige Frau von einer Chefin, die mir heute schon wieder die Welt erklärt hat. Dann hat sie mir auch noch meine Präsentation um die Ohren gehauen. Diese dumme Kuh hat es nicht verdient, meine Chefin zu sein. Die ist doch einfach nur frustriert und schon zu lange unbefriedigt! Wie gerne würde ich sie einmal an ihren Chefsessel fesseln und sie zwingen, meinen Schwanz in ihren großen, exakt geschminkten Mund zu nehmen. Ich würde ihn ihr erst so richtig tief in den Rachen rammen, bis sie fast erstickt, und dann würde ich mein Sperma auf ihr teures Kostüm spritzen. Ja!

»Ich komme!«, stöhne ich reflexartig laut auf.

Schnell nimmt Mandy meinen Schwanz aus ihrem Mund und bearbeitet ihn mit ihrer flinken Hand weiter. Ihr Daumen und ihr Zeigefinger bilden dabei einen sehr engen Durchgang für meine Eichel. Ich drücke mich gierig durch diese Enge. Ihre Finger werden immer schneller und mit ihrer zweiten Hand umfasst sie dabei fest meinen Schaft.

Ich lege meinen Kopf in den Nacken, öffne den Mund und überlasse mich meiner Lust und ihrer Begierde. Meine Atmung wird flacher, mein Stöhnen mit jeder ihrer Bewegungen lauter.

Jetzt fängt dieses geile Ding auch noch leise an zu seufzen! Ein pulsierendes Prickeln überzieht meinen wehrlosen Körper. Alle Hitze schießt in meine Mitte. Ich stöhne noch einmal auf. Dann übermannt mich der Orgasmus!

Eine Hitzeexplosion schießt durch meinen Körper. Feurige Pfeile überall. Erst brennen meine Lenden, dann meine Brust, meine Arme und Beine. Oh, mein Gott! Ich keuche heißer, dann spritzt mein Sperma auf Mandys Busen.

Ihre Finger fahren noch einige Male vorsichtig über meine pulsierende Eichel. Langsam entspannt sich mein Körper. Meine Atmung wird wieder etwas ruhiger und ich schaue zu ihr hinunter. Sie sieht zu mir auf, lächelt mich verschmitzt an und lässt ihre Zunge noch einmal genüsslich über meinen

Schwanz wandern, um den Rest der Sahne zusammen mit meinem Sperma abzulecken.

Da ist auch wieder Tina. Sie hält mir Tücher hin, mit denen ich mich abtrocknen kann. Mandy wischt sich ebenfalls an Händen, Busen und im Gesicht ab. Dabei lächelt sie mich unschuldig an.

Ich ziehe mich wieder an, und dann steht Marc neben mir. Er klopft mir anerkennend auf die Schulter.

»Und, wie gefällt es dir hier im Club, Tom?«

Ich bin sprachlos und kann nur sehr breit grinsen. Marc platzt fast vor Stolz, dass seine Überraschung so gut bei mir ankommt.

»Und weißt du, was das Beste an dem Laden hier ist? Es gibt noch so viel mehr zu sehen und zu erleben! Das war nur der Vorgeschmack. Gleich zeige ich dir noch Dinge, von denen du bisher nur geträumt hast!«

»Da bin ich ja mal gespannt, was du denkst, wovon ich so träume!«

›Denn auf so einen Blowjob wie eben hatte ich bisher noch nicht einmal in meinen kühnsten Träumen zu hoffen gewagt‹, füge ich in Gedanken hinzu.

Während ich noch meine Sachen sortiere und die Hose wieder zurechtrücke, verabschieden sich die beiden Mädels von uns. Dieses Mal bekomme nicht nur ich Küsschen, sondern auch Marc. Mandy murmelt dabei etwas von »Schaumparty im Peaches« und zwinkert mir vielsagend zu.

»Können wir da auch hingehen?«, fragen meine Augen Marc mit einem sehnsüchtig Blick, als die beiden Bikinischönheiten in der Menge verschwinden.

»Nein, Tom, wir bleiben hier«, höre ich Marcs strenge Stimme. »Du hast bisher ja noch nicht einmal den halben Club kennengelernt!«

Etwas traurig schaue ich Mandys rotem Bikini hinterher, der im nächsten Augenblick nicht mehr zu sehen ist.

Marc zieht mich statt dessen an die nächste Bar und bestellt uns beiden ein Bier. Dabei unterhält sich Marc sehr angeregt mit der Bardame, die Nina heißt, und deren Oberteil so freizügig ist, dass ich mich über den Tresen beuge, um zu überprüfen, ob sie vielleicht die Dame ohne Höschen ist, der ich den schwarzen Spitzentanga aus meiner Hosentasche reichen könnte. Aber sie trägt eine enge Lederhose was jedoch noch nicht beweist, dass sie unten drunter auch etwas anhat …

Ich sehe den beiden eine Weile beim Turteln zu, dann wird es mir aber zu langweilig, denn meine Neugier auf die weiteren Räume dieses Clubs ist zu groß.

»Du Marc, wo ist denn hier die Toilette?«, ist die einzige Ausrede, die mir einfällt, um mich unauffällig davonzuschleichen.

Marc deutet in die Richtung des Ganges neben der Bar und sieht mich dabei nicht einmal mehr an. Sehr gut! Das ist also der richtige Zeitpunkt sich allein auf Erkundungstour zu begeben! Viel Erfolg noch! Man sieht sich …

***

Ich gehe den schmalen Gang rechts neben der Bar entlang und komme in einen verwinkelten Raum. Hier ist es nicht besonders voll. Licht und Musik sind gedämpft.

Soweit ich es erkennen kann, stehen zwei Betten auf der linken Seite, auf denen bereits mehrere Pärchen liegen. Außerdem steht in der hinteren Ecke ein Gynäkologenstuhl. Dort sitzt zwar eine Frau, aber ich sehe noch keinen Partner dazu. Vielleicht wartet sie gerade noch auf ihn.

Ich stelle mich etwas abseits an die Wand, um die einzelne Frau auf dem Stuhl besser beobachten zu können. Die Fremde wirkt etwas jünger als ich. Ihre dunkelrote Perücke mit Pagenschnitt rahmt ihr schmales Gesicht schön ein und betont dabei ihre hohen Wangenknochen. Ihr runder Busen wird von einer dunklen Korsage so zusammengedrückt, dass sich beide Brüste in der Mitte berühren. Der kurze, schwarze Rock verdeckt kaum ihren Schritt. Jetzt hebt die Frau ihre schlanken Beine an und legt sie in die beiden dafür vorgesehenen Stützen.

Niemand im Raum scheint sich für die Schöne zu interessieren. Sie sitzt dort ganz allein. Wie kann es sein, dass außer mir noch keiner Notiz von ihr genommen hat?

Mein Verlangen, sie genauer zu betrachten, zieht mich magisch näher zu ihr hin. Ich gehe einige Schritte weiter in den Raum hinein und stelle mich so unter eines der wenigen Lichter, dass ich sie besser sehen kann. Aber auch sie müsste mich nun bald bemerken.

Als die schöne Fremde ihre Beine in Position gebracht hat, schaut sie auf. Ihre Augen sehen mich direkt an. War das gerade ein Zwinkern? Nein, wohl eher nicht. Es ist aber auch etwas zu dunkel, um mehr zu erkennen.

Jetzt hebt sie ihre rechte Hand etwas an und lässt ihre Finger sanft von ihrem Bauch weiter zu ihren straffen Schenkeln gleiten. Ich trete zwei Schritte nach vorne. Sie ist nur noch einen Meter von mir entfernt.

Sie schiebt das Röckchen zur Seite und ich erhasche einen Blick auf ihre schöne, rasierte Muschi, die nur noch in der Mitte einen schmalen Streifen kurz getrimmter, heller Haare hat.

Ihr Finger streicht sanft über die Scham und verschwindet in ihrem Spalt. Während dieser ganzen Zeit fixieren mich ihre Augen. Ihr Blick hypnotisiert mich. Ihre Bewegungen aber auch.

Wo soll ich nur zuerst hinschauen? Ich atme schneller, denn schon wieder wird mir mit einem Mal deutlich heißer. Ein Ziehen geht durch meine Mitte und mein Schwanz richtet sich unter meiner Jeans auf.

Darf ich noch näher an sie heran? Meine Lenden geben mir das eindeutige Signal, dass sie dieser Frau nicht widerstehen können. Die Versuchung, die vor mir liegt, ist einfach zu groß.

Und da ist wieder dieser Blick! Diese blauen Augen! Und ja, das war aber jetzt ein eindeutiges Zwinkern! Rufst du mich zu dir, mein schönes Mädchen?

Sie lächelt! Und, nein, das kann doch nicht sein! Sie hat ein Muttermal! Ist das etwa …?

Sie kratzt sich mit der anderen Hand kurz an ihrer Perücke. Diese verrutscht ein kleines Stück und eine blonde Strähne fällt ihr in die Stirn.

Ja, das kann nur sie sein!

Ich mache noch zwei vorsichtige Schritte auf ihren Stuhl zu, dann stehe ich zwischen ihren Beinen. Ich befreie meinen harten Penis aus der Hose. Meine rechte Hand bewegt sich rhythmisch. Ich starre auf das Muttermal, das wieder leicht um ihren Mund tänzelt.

Ihre Augen beobachten mich immer weiter. Ob sie mich wohl auch erkannt hat? Ich kann es nicht in ihrem Gesicht lesen. Ich will etwas sagen, öffne den Mund. Mit ihrer freien Hand legt sie schnell den Zeigefinger auf ihre Lippen und befiehlt mir zu schweigen. Sie nickt kaum merklich. Ich rubble weiter.

Sie sieht mir dabei zu, wie ich meinen großen, harten Schwanz bearbeite, während ihr eigener Finger in ihrem Spalt verschwunden bleibt. Was soll ich jetzt tun? Kann ich sie anfassen? Nur weil sie mir vorhin zugeprostet hat, heißt das noch lange nicht, dass ich sie jetzt hier vögeln darf. Soll ich es wagen? Was, wenn sie anfängt zu schreien?

Meine Augen starren auf ihren rasierten Spalt, der ohne Pause von ihrem eigenen Finger verwöhnt wird. Ich will auch da hinein! Bitte!

Ich schaue noch einmal auf, sehe in ihr Gesicht, um zu prüfen, ob ich wirklich in sie eindringen darf. Da hält sie mir ein Kondom entgegen. Die Einladung! Ich atme erleichtert auf.

Schnell ziehe ich den Gummi über und stelle mich zwischen ihre Beine. Ich verspüre den Wunsch, ihren Busen zu berühren, hebe meine Hand, aber sie wehrt meine Finger ab. Okay, dann eben nicht.

Meine Härte ist mehr als bereit, in ihren Spalt einzudringen. Ich rücke noch näher an den Stuhl und umfasse meinen Schwanz. Jetzt öffnet sie mir sogar mit den Fingern ihre Muschi noch etwas weiter und hilft mir, meinen Weg in ihren Spalt zu finden!

Meine Eichel gleitet in sie. Oh mein Gott, wie feucht sie ist! Schnell dringe ich tiefer in ihren süßen Spalt. Genau so! Ich lehne mich gegen den Stuhl, halte mich an der Rückenlehne hinter ihr fest und bewege mich in ihr. Erst vorsichtig und langsam, dann immer schneller und kraftvoller. Ist das geil!

Ich schließe meine Augen und presse mich so tief wie nur möglich in ihren warmen, feuchten Schoß. Ein leises Seufzen dringt an mein Ohr und feuert mich an, tiefer und schneller in sie zu stoßen. Sie fängt an, sich in meinem Rhythmus zu bewegen, und stöhnt leise mit mir. Heiliger Himmel, wie soll ich das ertragen, ohne gleich zu kommen?

Alle meine Muskeln sind angespannt. Ich keuche. Immer heftiger ziehe ich an ihrem Stuhl. Noch tiefer! Noch schneller! Du blondes Gift! Ich beginne laut zu stöhnen.

Die ersten leichten Hitzewellen breiten sich in meinen Lenden aus und kündigen meinen zweiten Orgasmus an diesem Abend an. Ich drücke mich noch mehr gegen ihre gespreizten Beine. Ich will so tief in ihr sein wie nur möglich! Los, umschließe mich mit deiner feuchten Enge!

Ich stoße fester in ihren Spalt, begleitet von ihrem heißen Atem an meinem Ohr. Ihr Busen bebt. Ein heißer Blitz des Verlangens schießt durch meinen Schwanz in meine Spitze, explodiert, und ich presse mich keuchend gegen ihren Unterleib. Aus meiner Mitte zucken feurige Blitze durch meinen Körper. Ich höre mich laut aufstöhnen, ächzen, bis ich mich endlich in ihr ergieße.

Meine Umklammerung an ihrer Lehne lockert sich. Ich verschnaufe gerade nach diesem zweiten Höhepunkt und bewege mich vorsichtig in ihr, als ich auf einmal eine leise Stimme an meinem Ohr höre: »Weiter!«

Ich schaue verwirrt auf. War sie vorhin nicht ebenso gekommen wie ich? Scheinbar nicht, denn die Blondine mit Perücke rutscht nun heftig auf dem Stuhl nach oben und unten, um sich an mir zu reiben. Aber bei mir geht jetzt leider wirklich nichts mehr! Gleich werde ich aus ihr hinausgleiten. Davor kann ich mich aber zumindest noch ein paar Mal in ihr vor und zurück bewegen. Ich drücke mich gegen sie, noch einmal und wieder.

Da, ihre Atmung wird schwerer. Ihre Finger krallen sich in die Armlehne des Stuhls, bis ihre Knöchel weiß hervorstehen. Sie schließt die Augen und öffnet den Mund. Ihr Becken klatscht nun immer schneller gegen meine Lenden. Jetzt wird ihre Atmung flacher, keuchend. Ich drücke mein weicher werdendes Glied noch einmal schneller in sie.

Plötzlich verzerrte sich ihr Gesicht. Ihr Oberkörper bäumt sich auf. Sie schreit!

»Ahhh!«

Ich stoße fester in sie, damit sie noch mehr kommen kann. Starre auf ihren aufgerissenen Mund, der keuchende Laute hervorbringt. Dann wird sie ruhiger. Der Orgasmus ebbt ab.

Spontan schiebe ich meinen Finger in ihren immer noch lasziv geöffneten Mund. Sofort umfangen ihre weichen Lippen ihn und saugen daran. Ich schließe meine Augen für einen Moment, spiele mit ihrer Zunge und wir rangeln zärtlich.

Als sich ihre Brust wieder regelmäßiger hebt und senkt, ziehe ich meinen Finger vorsichtig aus ihrem Mund und streichle damit sanft über ihren Schenkel bis zu ihrem Liebeshügel. Gibt es in diesem Laden denn nur geile Schlampen? Das kann alles nicht wahr sein.

Sachte ziehe ich meinen Schwanz aus ihrem Spalt, nehme das Kondom herunter und trocknete mich mit Handtüchern aus einem Spender neben dem Stuhl ab.

Sie trocknet sich ebenfalls, schiebt ihren Rock und die Perücke zurecht. Wortlos steigt sie vom Stuhl und verschwindet in der Dunkelheit, noch bevor ich reagieren kann. Warte doch! Wie heißt du? Aber zu spät …

In einem Zustand körperlicher Erschöpfung und geistiger Leere gehe ich an die nächste Bar und bestelle mir ein kühles Bier. Ich setze mich auf den Barhocker, um mich etwas zu sammeln.

Als ich zahlen will, suche ich in der Hosentasche nach meinem letzten Geld. Aber anstelle eines Scheines habe ich ein Stück Stoff in der Hand. Was ist das denn? Ich ziehe es vorsichtig hervor und erkenne die schwarze Spitze.

Ich grinse und schaue mich um. Wo bist du, meine Schöne mit dem tanzenden Muttermal? Ich muss dir noch etwas geben …

Russisches Kino

Wenn ich an meine letzten Flugeinsätze denke, fällt mir immer wieder dieser Langstreckenflug von L. A. nach Frankfurt ein. Schon beim Gedanken an diesen Flug breitet sich eine wohlige Wärme in meinem Schoß aus und mir huscht ein vielsagendes Lächeln über das Gesicht.

Ich arbeitete mit einer Kollegin als Flugbegleiterin in der First Class. Der Flug versprach sehr entspannt zu werden, da wir uns zu zweit um nur drei Gäste zu kümmern hatten: einen Geschäftsmann und ein Pärchen.

Der Mann des Pärchens war etwa Mitte vierzig. Er hatte eine dicke Rolex am Arm, etwas lichte Haare und einen ersten Bauchansatz. Seine Begleitung war deutlich jünger, vielleicht Ende zwanzig. Die Frau hatte schöne, hohe Wangenknochen und lange blonde Haare. Sie trug einen kurzen schwarzen Rock und ein enges Hemd, dazu eleganten Schmuck. Eine schwarze Prada-Tasche stand neben ihrem Sitz auf dem Boden.

Ich tippte auf neureiche Russen, und diese Vermutung wurde auch bald bestätigt, als sich der Mann bei meiner Kollegin nach seinem Anschlussflug Richtung Moskau erkundigte.

Im Gegensatz zu den beiden Russen war der Geschäftsmann eine blasse Gestalt. Er trug einen schlecht sitzenden grauen Anzug, hatte eine dicke Nickelbrille auf und arbeitete konzentriert an seinem Laptop.

***

Nach dem Essen war unser Pärchen bereits mehr als angeheitert. Sie hatten mit einem Champagner als Aperitivo begonnen, waren dann zum Hauptgang auf Bier umgestiegen und hatten sich zum Dessert eine ganze Wodkaflasche kommen lassen, die sie bereits zu einem Drittel geleert hatten.

Die Blondine kicherte ständig, während ihr Mann dafür sorgte, dass ihr Wodkaglas nie leer wurde. Seine breite Hand lag besitzergreifend auf ihrem Oberschenkel und fuhr gemächlich von ihrem Knie hoch bis unter ihren Rock und zurück.

Ich brachte gerade die letzten Teller unserer Gäste in die Bordküche, als meine Kollegin mir zuflüsterte: »Um was wollen wir wetten, dass bei den beiden gleich mehr passiert als nur ein bisschen Streicheln?«

»Das denkst du doch nicht wirklich?«, fragte ich ungläubig zurück.

»Aber natürlich! Stellt sich nur die Frage, was unser dritter Gast zu dem Live-Porno sagen wird. Kannst ja zuschauen und abwarten, wenn du magst. Ich werde mich mal etwas im Ruhesitz entspannen und mein Buch lesen.«

Ich drehte mich noch einmal um und sah erst zu unserem heftig turtelnden Liebespaar und dann zu dem Geschäftsmann, der gerade seine Unterlagen sortierte und Notizen machte.

***

Nachdem wir unsere Bordküche aufgeräumt hatten, dimmte ich das Licht in der Passagierkabine und zog den Vorhang zwischen unserem Küchenbereich und der First Class zu. Zunächst setzte ich mich auf den Klappsitz, den ich auch für Start und Landung nutzte, und blätterte etwas gelangweilt in verschiedenen Zeitschriften. Doch meine Gedanken schweiften immer wieder zu dem Pärchen ab.

Als ich wenig später ein unterdrücktes Kichern hörte, konnte ich nicht widerstehen. Der Gedanke, dass dort auf den Sitzen wirklich gleich mehr passieren könnte als heftiges Knutschen, war zu spannend für mich! Also stand ich leise auf, schlich zwei Schritte nach vorne und schob den Vorhang einen Spalt zur Seite. Das reichte aber schon, um einen guten Blick auf die beiden Sitze des Pärchens zu haben …

Der Russe ließ gerade seine Lehne in die Liegeposition fahren. Er hatte eine Decke über seinem Schoß ausgebreitet und die Schuhe ausgezogen. Die Frau saß noch in ihrem Sitz, nestelte jedoch unter dem Rock herum. Wenig später lag ein roter Slip auf dem Boden neben ihrer Handtasche. Sie flüsterte ihm etwas zu und ich hörte sein kehliges Lachen.

Dann zog die Frau ihren Rock etwas weiter nach oben, und ich konnte jetzt sogar ihre Strumpfbänder sehen. Mit ihren rot lackierten Fingernägeln knöpfte sie nun das Hemd des Mannes bis zum Bauchnabel auf, sodass man neben der dicken Goldkette um seinen Hals auch seine behaarte Brust sehen konnte. Der Mann kratzte sich gemächlich seine dunklen Brusthaare, während sie ihr volles Wodkaglas vom Tischchen nahm und sich erhob.

Sie stand für einen Moment schwankend auf ihren hochhackigen schwarzen Pumps in der Kabine, bis der Mann nach ihrer freien Hand griff und sie zu sich auf den Sitz zog. Jetzt schob die Russin ihren kurzen Rock noch höher, stieg über die ausgestreckten Beine des Mannes und kniete sich über ihn auf den Sitz. Er ließ seine große Hand über ihren Hintern fahren und schob dabei den Rock endgültig so weit nach oben, dass ihr runder Po ganz entblößt wurde. Danach nahm er seine Decke und legte sie über ihren nackten Hintern.

Der Mann raunte der Blondine etwas zu, was diese wieder kichern ließ. Sie nahm einen großen Schluck aus ihrem Glas. Kaum hatte sie es abgesetzt, füllte er ihr das nur noch halb volle Wodkaglas wieder auf. Anschließend nahm er zwei Pralinen vom Beistelltischchen und schob eine in ihren und eine in seinen eigenen Mund.

Ich konnte leider nicht genau erkennen, was die Frau als Nächstes tat, aber es hatte den Anschein, als ob sie ihm aus ihrem Glas zu trinken geben wollte und ihm etwas sagte. Daraufhin begann er, ihre Bluse aufzuknöpfen.

Unter der Bluse trug sie einen BH aus schwarzer Spitze. Als sie sich kurz zur Seite drehte, sah ich, dass dieses Modell ihren enormen Busen nur von unten stützte und bereits unter den Nippeln aufhörte. Der Mann nahm ihr nun das Glas aus der Hand, kippte es vorsichtig und ließ etwas von dem Wodka auf ihren großen Busen tropfen. Anschließend leckte er den Wodka lustvoll von ihren Brüsten und knabberte an ihren Nippeln.

Sie kicherte wieder, bog sich dabei ins Hohlkreuz und ließ den Kopf nach hinten fallen, sodass ihre langen Haare bis zu ihrem Hintern reichten.

***

Auf einmal klatschte etwas laut vor mir auf den Boden. Erschrocken schaute ich nach unten und sah, dass ich offenbar noch eine Zeitschrift gehalten hatte, die mir nun aus der Hand gefallen war. Das Magazin lag direkt unterhalb des Vorhangs und halb in der First Class. Ich überlegte kurz, ob ich es mit meinem Fuß zurückholen sollte, und bewegte mich vorsichtig hinter dem Vorhang. Dann entschied ich mich jedoch dagegen, um nicht noch mehr Geräusche zu verursachen.

Aber es war zu spät. Der Russe sah kurz auf, blickte in meine Richtung und flüsterte seinem Mädchen etwas zu. Sie drehte sich mit einem Blick über die Schulter zu mir und lächelte.

Mein Herz pochte laut und meine Hände zitterten, als ich mich an der Wand neben mir festhielt, um nicht auch noch das Gleichgewicht zu verlieren. Ich stand steif da und rührte mich keinen Millimeter. Sehen konnten mich die beiden sicherlich nicht, das war klar, dafür war es viel zu dunkel in der Kabine. Allerdings konnten sie sich wahrscheinlich denken, dass jemand hinter dem Vorhang stand und sie beobachtete.

Die Frau murmelte etwas und drehte sich wieder zu ihrem Mann. Er nahm nun die Decke von ihrem Hintern, weil sie sich offenbar dafür entschieden hatten, mich auch an ihrem lüsternen Spiel teilhaben zu lassen.

Ich schaute kurz zu unserem dritten Passagier hinüber. Hatte er etwas bemerkt? Er saß schräg hinter dem Pärchen auf der anderen Seite des Ganges und schien inzwischen fest zu schlafen. Er trug eine Schlafbrille und benutzte offensichtlich auch Ohrstöpsel, denn sonst wäre er von den Geräuschen der zwei längst aufgewacht.

Ich drehte mich also wieder zu den beiden. Meine Hände hatte ich fest gegen meine Brust gepresst, um an mich zu halten. Ich trat nervös von einem Fuß auf den anderen und überlegte, ob ich wirklich weiter zusehen konnte – zusehen durfte! Ich öffnete die beiden obersten Kragenknöpfe meiner Uniform, weil ich mich mit einem Mal unglaublich beengt fühlte. Mein Gewissen hieß mich auf meinen Platz setzen und an etwas anderes denken! Aber das Pärchen vor mir ließ mich nicht los. Mein Blick wanderte wieder zu ihnen und fixierte zunächst die helle Haut am Hintern der Frau.

Dann sah ich zwischen ihren Beinen hindurch, dass sie ihn gerade mit ihrer Hand bearbeitete, während er ihren Busen massierte. Jetzt hob sie ihr Becken etwas weiter an, und ich konnte sogar seinen steifen Penis erkennen!

Dann ließ sie kurz von ihm ab, kramte neben sich in der Tasche und zog eine kleine Tube hervor, wahrscheinlich Gleitgel. Sie rieb sein Glied damit ein, bevor sie sich langsam auf ihn setzte und ein erstes Stöhnen zu mir drang. Er hatte inzwischen seine Augen geschlossen und umfasste ihre Hüften mit beiden Händen, während sie sich über ihm auf und nieder bewegte. Ich konnte seinen Penis immer wieder zwischen ihren Beinen erkennen.

Seine rechte Hand wanderte auf ihren Po. Ich sah, wie sein Zeigefinger sich zwischen ihre Pobacken bewegte, woraufhin sie zusätzlich begann, sich noch etwas mehr nach vorne und nach hinten gleiten zu lassen.

Ich lehnte mich ein Stückchen weiter in die Kabine, um besser sehen zu können. Bei dieser Bewegung zuckte ich zusammen. Oh nein, was war das denn? Nicht nur, dass meine rechte Hand bereits ihren Weg unter meinen Rock gefunden hatte. Meine Finger lagen auch noch auf meinem Höschen und massierten kreisend meine Scham! Ich zog sie erschrocken zurück und sah mich um. Das konnte ich doch nicht machen! Was, wenn jemand aus dem Cockpit kam oder meine Kollegin von ihrem Ruhesitz aufstehen würden?

Im nächsten Augenblick dachte ich mir jedoch: ›Warum denn nicht? Ich kann doch auch ein wenig Spaß dabei haben, wenn die beiden sich so offensichtlich gehen lassen und wissen, dass ich zusehe.‹

Außerdem war es schließlich ganz natürlich, dass mich der Anblick dieser beiden anmachte. Denn wie oft hatte ich schon die Chance, fremde Menschen beim Sex zu beobachten? Und dann auch noch mit deren Wissen?! Also ließ ich meine Hand, wo sie war, und massierte mich selbst nebenher weiter.

Als ich dann wieder in die halbdunkle Kabine blickte, fiel mein Blick als Erstes auf den dritten Passagier schräg hinter dem Pärchen. War ich nun vollkommen verrückt oder schlief er vielleicht doch nicht so fest, wie ich vermutet hatte? Da waren doch Bewegungen unter seiner Decke zu sehen, genau in seinem Schritt. Sie waren nicht sehr deutlich und auch sonst lag er ganz ruhig auf seinem Stuhl. Nein, das musste Einbildung sein …

Ich konzentrierte mich lieber wieder auf das Pärchen, das es inzwischen schon ziemlich heftig trieb. Das Stöhnen der Russin wurde langsam etwas lauter. Auf dem Gesicht des Mannes konnte ich bereits einen verzerrten Gesichtsausdruck erkennen. Es sah so aus, als ob er jeden Augenblick kommen würde. Wie aufregend!

Seine Hände führten ihren Hintern nach oben und unten. Von der Seite konnte ich ihren Busen im Takt wippen sehen. Ihr helles Stöhnen überschnitt sich mit seinem tiefen Ächzen. Er stieß weiter in sie. Noch einmal und wieder! Er kniff seine Augen zusammen. Bewegte sich schneller. Und ja, jetzt kam er! Ein lautes Keuchen. Er stöhnte auf.

Und dann entspannten sich seine Gesichtszüge wieder. Er sackte in seinen Liegesitz zurück und ließ von seiner Partnerin ab. Sie legte sich mit ihrem Oberkörper auf seine Brust, kraulte seine Brusthaare und kuschelte sich an seinen Hals. So blieben sie erst einmal liegen.

Ich war beeindruckt und erregt zugleich von dem, was ich gesehen hatte. Ich intensivierte die Bewegungen in meinem Schritt und eine wohlige Wärme breite sich in meinem Unterleib aus.

Gerade wollte ich mich wegdrehen, als die Frau wieder in ihrer Tasche kramte und einen etwas größeren Gegenstand hervorholte, der aussah wie ein Vibrator.

Sie kicherte und hielt ihrem Partner den Gegenstand vor das Gesicht. Dann sprachen sie leise miteinander, während er sie von Neuem mit Pralinen fütterte und ihr das Wodkaglas reichte. Als er selbst das Glas leer getrunken hatte, setzte er es ab und nahm den Stab in die Hand. Die Frau gab ihm die kleine Tube, aus der sie zuvor das Gleitgel auf sein Glied gegeben hatte.

In meiner Fantasie sah ich bereits, wie sie sich mit dem Vibrator selbst befriedigte, und intensivierte meine eigenen Massagebewegungen bei diesem Gedanken.

Nun rutschte die Russin erst etwas höher auf dem Liegesitz an ihren Mann heran, immer noch vor ihm kniend. Anschließend richtete sie sich auf, sodass ich wieder zwischen ihre Beine sehen konnte. Und jetzt nahm nicht sie, sondern er den Vibrator in die Hand und gab das Gleitgeld auf den Stab!

Ich schluckte nervös, als er begann, seine Partnerin mit dem Vibrator zu stimulieren. Wie aufregend, dass sie es nicht selbst machte! Bei diesem Anblick wurde das Kreisen meiner Finger automatisch stärker, und ich seufzte leise auf, als die Wonne sich warm in meinem Schoß ausbreitete.

Der Russe bewegte den Vibrator zunächst vorsichtig in ihrem Spalt hin und her, bevor er dann auch ihre Oberschenkel mit dem Stab massierte. Sie hielt sich dabei am oberen Ende seines Sitzes fest und reckte ihren Po weit nach hinten in die Höhe. Auf diese Weise hingen ihre enormen Brüste direkt in sein Gesicht. Das gefiel ihm offensichtlich so gut, dass er parallel anfing, mit seiner freien Hand zu masturbieren.

Die Blondine bewegte sich nun gleichmäßig über ihm vor und zurück. Was er dabei genau mit dem Vibrator machte, konnte ich aber leider nicht erkennen. Wahrscheinlich hielt er den Luststab direkt an ihre Knospe, sodass sie sich durch ihre Bewegungen selbst massieren konnte.

Diese Stellung schienen sie schon häufiger gemacht zu haben, denn nach kurzer Zeit wurden ihre Bewegungen schneller. Sie zog immer heftiger an seiner Lehne. Der ganze Sitz wackelte schon!

Dann ein helles Stöhnen. Das war eindeutig sie! Kam sie etwa schon? Noch ein Stöhnen, und wieder! Sicher viel leiser, als sie gerne gewollt hätte, aber ich hörte es trotzdem mehr als deutlich!

Als ihr Stöhnen dann in ein sanftes Seufzen überging, setzte sie sich wieder auf seinen Schoß und ließ ihn gewähren.

Der Russe schloss seine Augen, öffnete den Mund und drückte sich von unten gierig in sie. Seine Bewegungen waren nicht mehr so heftig wie beim ersten Mal, aber er kam trotzdem schnell und kraftvoll.

Als auch sein Ächzen schwächer wurde, schmiegte sich die Blondine wieder an seine Schulter und beide verharrten in dieser Position.

***

Ich atmete tief durch. Jetzt hatte ich wirklich mehr als genug gesehen! Also zog ich meine Uniform wieder ordentlich zurecht, hob die Zeitschrift vorsichtig vom Boden auf und ging zu meiner Kollegin in den Ruhebereich, um ihr von meinen Erlebnissen zu berichten.

Als ich ihren Sitz aber leer vorfand, war meine spontane Reaktion ein Lächeln. ›Noch besser!‹, dachte ich.

Schnell besorgte ich mir Kissen und Decke und legte mich auf den freien Ruhesitz. Kaum hatte ich mich zugedeckt, suchte meine Hand sich sehnsüchtig wieder ihren Weg in meine Mitte, schob dieses Mal aber auch mein Höschen zur Seite. Ich seufzte leise auf, schloss meine Augen und ließ das gerade Gesehene dann noch einmal als russisches Kino in meinem Kopf ablaufen.

Die Techniker kommen

Laura versuchte noch, ihr Gähnen hinter einer Hand zu verstecken, aber ihre Kollegin Sarah bemerkte es sofort: »Hey, nicht einschlafen!«

Sie blickte Sarah müde an: »Denkst du, dass wir in diesem Seminar noch jemals etwas lernen werden?«

»Es ist doch jedes Jahr das Gleiche, Laura. Eine Woche Veranstaltungen, die den Namen Fortbildung nicht verdienen. Wenn man dann wieder nach Hause fährt, hat man nichts gelernt, aber dafür umso mehr gegessen und mindestens zwei Kilo zugenommen.«

»Ja, da hast du recht. Ich weiß auch nicht, warum ich jedes Jahr meine, dass es dieses Mal anders werden könnte. Das ist so deprimierend. Wir haben heute erst den zweiten Tag!«

Sie verzierte gerade ihre Unterlagen mit einer Blumengirlande, als sich Sarah näher zu ihr lehnte und flüsterte: »Weißt du was? Genau das habe ich mir schon *vor* diesem Seminar gedacht. Deshalb habe ich mich dieses Jahr um ein Alternativprogramm gekümmert.«

Laura richtete sich in ihrem Stuhl auf und blinzelte etwas irritiert: »Wie meinst du das jetzt?«

Amüsiert betrachtete Sarah den ratlosen Gesichtsausdruck ihrer Kollegin und konnte sich ein Grinsen nicht mehr verkneifen: »Na ja, ich war gestern in der Hotelsauna. Außer mir waren da noch ein paar gut aussehende Männer. Ich sage dir, wenn ich früher gewusst hätte, wie knackig die Jungs im technischen Außendienst sind, dann hätte ich sicher nicht bei uns im Controlling angefangen! Die solltest du unbedingt mal kennenlernen! Ich habe mich mit ihnen für heute Abend noch einmal verabredet. Komm doch mit!«

»Sind das etwa Kollegen? Hier im Schulungszentrum ist doch sonst niemand außer unserer Firma. Du spinnst ja!«

»Schon Kollegen, aber …«

»Nein, ganz ausgeschlossen, Sarah, ohne mich! Ich mache keinem Kollegen mehr schöne Augen. Die Geschichte mit Jack hat mir gereicht.«

»Jetzt beruhige dich doch wieder! Die Jungs kommen nicht aus der Zentrale in London. Das sind Techniker aus Manchester. Und überhaupt, Laura, wer lag mir die letzten Monate in den Ohren, dass sie keinen guten Typen mehr kennengelernt hat? Ich zitiere: ›Und wenn es auch nur für eine Nacht wäre!‹«

Laura schaute wieder auf den Block vor sich und kritzelte nun ziellos immer mehr Girlanden auf das Papier.

›Ein bisschen recht hat Sarah ja schon. Warum immer gleich alles so ernst nehmen? Vielleicht sind die Jungs echt ganz gut. Wenn es mir zu peinlich wird, kann ich jederzeit gehen und Sarah mit ihnen alleine lassen. Wer weiß, möglicherweise ist wirklich ein Süßer für mich dabei …?‹

»Hey, hörst du mir überhaupt zu, Laura?«

Sarahs Stimme holte sie wieder in den Schulungsraum zurück.

»Ja, natürlich. Was hast du gesagt?«

»Ich habe gefragt, ob du heute Abend mitkommst oder nicht. Betrachte es doch einfach als eine zusätzliche Fortbildung. Wir informieren uns über die Themen und Probleme der Kollegen im technischen Außendienst. Das ist doch sehr wichtig!«

Jetzt musste auch Laura grinsen, als sie Sarahs gespielt ernsten Gesichtsausdruck sah.

»Okay, das ist ein Argument. Ich bin dabei.«

***

Als die beiden Frauen die Hotelsauna betraten, war diese noch leer. Sarah nahm ihr Handtuch ab, legte es auf die warme Holzbank und streckte sich darauf aus. Laura blieb noch einen Augenblick unentschlossen in der offenen Tür stehen und beobachtete ihre Kollegin.

»Jetzt komm schon rein und mach die Tür zu, Laura! Kneifen gilt jetzt nicht mehr.«

Laura atmete einmal tief durch und trat in die Sauna. Sie ließ die Tür hinter sich zufallen. Die trockene Hitze umgab sie sofort. Zunächst kontrollierte sie, ob der Knoten des Handtuchs über ihrer Brust auch fest genug war. Dann setzte sie sich vorsichtig auf die Bank neben Sarah, verschränkte die Beine und suchte noch nach der besten Position für ihre Arme, um einigermaßen gemütlich zu sitzen.

Wenig später rannen ihr bereits die ersten Schweißperlen an den Beinen hinab. Ihre Kollegin hob den Kopf und sah sie fragend an: »Was machst du denn da? Willst du dich nicht hinlegen? Und warum hast du dein Handtuch noch um? Ist dir nicht zu heiß?«

»Ich weiß nicht. Ich warte lieber noch einen Moment damit. Ich finde es seltsam, eine Verabredung mit fremden Männern zu haben und dabei nackt zu sein.«

»Wie du meinst. Aber leg dich doch bitte wenigstens hin!«

Laura hob ihre Beine auf die lange Holzbank und streckte sie neben der Kollegin aus. Sorgfältig kontrollierte sie noch einmal ihr Handtuch, um sicherzugehen, dass die wichtigsten Stellen gut bedeckt waren. Als sie endlich alles zurechtgezupft hatte, ließ sie ihren Kopf auf die hölzerne Stütze sinken und schloss die Augen.

In diesem Moment ging die Saunatür auf und zwei Männer traten ein. Neugierig blinzelte Laura und hob den Kopf dabei etwas an, um besser sehen zu können. Der erste der beiden war hochgewachsen, hatte dunkelblonde Haare und trug sein Handtuch eng um die schmalen Hüften gewickelt. Laura richtete sich noch etwas mehr auf, um auch den zweiten Mann zu mustern. Dieser war etwas kleiner, aber dafür deutlich muskulöser. Sein markantes Gesicht und der Dreitagebart hatten etwas Verwegenes!

»Hallo, die Damen!«, grüßten die Männer mit nordenglischem Akzent.

Ihre Kollegin hatte sich bereits aufgesetzt: »Hallo, Dave. Hallo, Nick. Wie geht‘s? Das hier ist meine Kollegin Laura.«

»Hallo, Laura. Ich bin Dave«, sagte der große Blonde.

»Hallo, schön euch kennenzulernen«, erwiderte Laura eine Spur zu leise, um überzeugend zu wirken.

Dabei setzte sie sich jedoch nun ebenfalls wieder auf und rückte etwas zur Seite, damit die beiden Männer genug Platz auf der Bank hatten. Während Sarah bereits den üblichen Smalltalk begann, ließ Laura erst einmal ihren Blick etwas verstohlen über die Körper der beiden wandern.

Dave, der große, nordische Typ, hatte breite Schultern und große Hände. Er saß sehr nahe bei Sarah und sie diskutierten gerade, ob sie noch einen Aufguss machen sollten oder nicht.

Nick, der kleinere der beiden, hatte sich hingegen auf die Bank gegenüber gesetzt und lehnte mit dem Rücken an der Wand. Von dort hatte er sie alle drei gut im Blick.

Laura tat so, als ob sie unbequem saß, und drehte sich etwas, um Nick auch noch besser sehen zu können.

Als Erstes fiel ihr sein tätowiertes Drachenmotiv auf, das seine linke Brust fast vollkommen bedeckte und bis zu seiner Schulter reichte. Nicks Oberkörper war gut trainiert und die Haut dezent gebräunt. Zwischen seinen Brustwarzen bildeten sich bereits erste Schweißperlen, die seine Haut dort glitzern ließen.

Dann wanderte ihr Blick tiefer hinab, und sie begutachtete wohlwollend seine Bauchmuskeln, die sich deutlich abzeichneten. Unter dem Bauchnabel begann eine feine Spur dunkler Haare, die weiter abwärts führte. Die Haare wurden immer dichter und der Streifen breiter, je weiter sie ihm folgte. ›Wie er wohl da unten …?‹

Schnell straffte Laura ihre Rückenmuskeln, setzte sich wieder aufrecht hin, reckte ihren Kopf nach oben und zog den Knoten ihres Handtuchs noch fester über ihrer Brust zusammen. Als sie dann wieder vorsichtig zu Nick hinübersah, grinste dieser unverschämte Typ sie breit an, und zwei spöttische Grübchen bildeten sich an seinen Mundwinkeln. Und jetzt zwinkerte er ihr auch noch zu!

Laura drehte sich entrüstet weg und schlang sich das Handtuch noch enger um den Körper.

›Oh nein, wie peinlich! Was sitzt er auch so breitbeinig da, dass man ihm geradezu zwischen die Beine schauen muss!

Aber dieser Körper kann sich wirklich sehen lassen, das muss ich zugeben. Wieso hat er sich wohl dieses Tattoo stechen lassen? Das hat irgendwie etwas Rohes. Meinen Freundinnen könnte ich so einen Typen ganz unmöglich vorstellen, aber als kleiner Flirt ist alles erlaubt. Ich hatte noch nie einen Mann mit Tätowierung … Aber wenn ich noch länger so eingepackt hier herumsitze, wird das nichts mehr mit dem Flirt. Vielleicht ist jetzt der richtige Zeitpunkt, ihm ebenfalls zu zeigen, was ich zu bieten habe …‹

Laura riskierte einen kessen Blick zu Nick, während sie erst vorsichtig den oberen Knoten ihres Badetuchs löste und sich dann langsam wieder auf die Bank legte. Dabei glitt das Handtuch wie zufällig auf beiden Seiten an ihrem Körper entlang nach unten.

Welche Erfrischung das war! Der Schweiß hatte den Stoff von innen bereits ganz durchnässt. Jetzt streifte fast so etwas wie ein trockener, heißer Windhauch über ihre Haut. Die Härchen an ihrem Unterarm stellten sich auf und ihre Nippel wurden hart. Natürlich entging ihr Nicks Blick nicht, als dieser nun begann, heimlich ihren Körper zu erforschen. Seine Grübchen verrieten ein wohlwollendes Lächeln.

›Manche Dinge funktionieren einfach viel besser ohne Worte‹, stellte Laura zufrieden fest und schielte kurz zu Sarah, die sich immer noch mit Dave unterhielt.

Mit ihren Händen fuhr sich Laura über ihre schweißnasse Haut an den Beinen. Aus den Augenwinkeln konnte sie sehen, dass Nick sie immer noch beobachtete. Also ließ sie ihre Finger wie nebenbei über den Bauch und hoch zu ihrer Brust wandern. Dabei genoss sie das Gefühl seines Blicks auf ihrem Körper. Als sie ihre Nippel streifte, umspielte sie diese kurz und kostete das angenehme Ziehen aus, das sogleich durch ihre Mitte ging.

Anschließend legte sie ihre Hände auf den Bauch und umkreiste mit ihrem Finger zart ihren Bauchnabel. Sie stellte ihre Beine auf die Bank und winkelte sie so weit an, bis sie bequem lag. Sie schloss ihre Augen und begann zu überlegen, wie sich wohl Nicks Drachentattoo anfühlte, wenn man darüberstrich …

***

Als Laura ihre Augen wenige Momente später wieder öffnete, zuckte sie zusammen. Sie musste einen Sekundenschlaf gehabt haben! Ihre Beine waren deutlich auseinandergekippt.

Sie sah verwirrt auf und schaute direkt in Nicks blaue Augen, die ganz offensichtlich ihre Muschi wohlwollend betrachtet hatten! Ihm schien es jedoch keineswegs peinlich zu sein, dass sie ihn dabei ertappt hatte, denn seine beiden Grübchen grinsten sie wieder spöttisch an, und jetzt war da sogar noch ein drittes an seinem Kinn!

Sofort schloss Laura ihre Beine wieder und setzte sich auf. Sie raffte ihr Handtuch um die Brust zusammen und stammelte: »Also ich packe es jetzt! Sarah, wir sehen uns später beim Essen. Jungs, euch noch einen schönen Abend. Bis dann.«

Schnell sprang sie auf, stützte sich kurz gegen die Tür wegen des Schwindels, der sie befallen hatte, öffnete diese dann aber hastig und eilte zu den Duschen.

›Oh je! Das war mal wieder typisch. Immer muss mir so etwas Peinliches passieren, wenn ich einen Typen süß finde. Total lächerlich habe ich mich gemacht!‹

Erst als das kalte Wasser von oben auf sie herabspritzte und ihren glühenden Körper abkühlte, entspannte sich Laura wieder etwas. Sie nahm Shampoo aus dem Spender und verteilte es auf ihren Haaren.

›Hm, eigentlich hätte ich auch genauso gut dort bleiben können. Vielleicht fand er es ja sexy, dass ich ihm ungewollte Einblicke gewährt habe. Denn so schlecht lief es doch auch wieder nicht. Und das Geheimnis seines Drachentattoos würde ich auch zu gerne von ihm persönlich erfahren. Vielleicht gehe ich morgen doch noch einmal in die Sauna.‹

Bei diesem Gedanken summte Laura bereits wieder gut gelaunt vor sich hin.

Sie spülte gerade das Shampoo aus ihren Haaren, als es geschah: Zwei breite Männerhände umfassten sie von hinten. Ihr Busen wurde grob zusammengepresst und ihr Körper gegen eine starke, männliche Brust gedrückt! Wer war das? Was sollte das? Loslassen! Laura schrie auf: »Hilf …«, aber keine Chance. Sofort war eine raue Männerhand auf ihrem Mund.

Eine tiefe Stimme sagte sehr nahe an ihrem Ohr: »Keine Angst, Süße, dir passiert nichts. Ich will dich nur von hinten nehmen und in deine kleine, geile Möse eindringen. Entspann dich also und strecke deinen Po etwas weiter nach hinten, damit ich besser in dich kann!«

Ein stark erigiertes Glied war schon halb zwischen ihren Pobacken. Lauras Atem setzte für einen Moment aus.

Der Fremde nahm die Hand von ihrem Mund und drehte das Wasser ab. Dann fing er an, Lauras Augen mit einem dünnen Stoffband zu verbinden.

»Hey, was soll das?« Lauras Stimme war schrill und verriet ihre ansteigende Panik.

»Damit wird es noch ein wenig interessanter, meine Kleine.«

Er lachte leise auf und führte Lauras Arme nach oben, damit sie ihre Hände gegen die Kacheln der Duschkabine legte.

Lauras Herz pochte immer schneller und der eigene Brustkorb erschien ihr mit einem Mal viel zu eng, um richtig atmen zu können. Ihre Beine zitterten.

›Was ist geschehen? Wer ist dieser Fremde? Es muss Nick sein! Er ist mir gefolgt und hat sich leise angeschlichen, als ich mit dem Rücken zum Eingang der Dusche stand! Oder etwa nicht? Oh nein, was, wenn es jemand anderes ist?! Nein, nur Nick kann es sein. Nur er darf es sein!‹

Bei dem Gedanken, dass Nicks Verlangen ihn angetrieben hatte, sie zu suchen und hier zu überraschen, spürte Laura ein heißes Pulsieren in ihrem Schoß. Ihre Vagina zog sich reflexartig zusammen und ein Kribbeln breitete sich in ihrer Mitte aus. Sie stellte ihre Beine ein wenig weiter auseinander und bog ihren Rücken in ein leichtes Hohlkreuz.

Der Mann hinter ihr drückte jetzt seinen Unterleib fester gegen ihr Becken. Seine Finger berührten Lauras Scham und fuhren direkt in ihren Spalt. Als sein Finger ihre Klito streifte, schoss eine heiße Woge des Verlangens nach mehr durch ihren Körper. Sie bäumte sich lustvoll auf und stöhnte.

»Oh ja, genau!«

Er schien jedoch nicht weiter an ihrer Befriedigung interessiert zu sein, denn jetzt hielten seine Finger nur noch ihre Schamlippen auseinander, um mit der zweiten Hand seinen großen, steifen Penis rücksichtslos in ihre Enge zu zwängen. Alle Muskeln ihres Körpers verkrampften sich, als die breite Eichel des Mannes dann gegen ihren Eingang stieß. Sie war noch nicht bereit! Das ging alles viel zu schnell!

Sie riss ihren Mund auf, aber der Schrei wollte nicht herauskommen. Sie schnappte nach Luft und musste husten.

»Nein, noch nicht!«, krächzte sie nur.

Ihre Finger suchten Halt an den glatten Fliesen. Sie ertastete die Halterung des Duschkopfes und klammerte sich an diesem fest. Sein Penis drückte immer stärker von unten gegen sie, um sich in ihre Öffnung zu pressen. Das war zu viel! Mit einem Ruck ließ sie von der Wand ab und fuhr mit ihrer rechten Hand an ihre Augen, um das Band herunterzureißen. Die große, kräftige Hand war jedoch schneller und legte sich auf die ihre.

»Ich tue dir doch nicht weh. Vertraue mir. Ich werde nichts machen, was du nicht sowieso möchtest. Ich habe es dir doch angesehen!«

»Nick …«, formten ihre Lippen lautlos.

Warme, weiche Lippen glitten an ihrer Schulter entlang. Dann kratzte etwas auf ihrer Haut. War das Nicks Bart? Lauras Atem stockte. Bitte lass es ihn sein!

Die breiten Hände des Mannes führten die ihren zurück an den Duschhalter, an dem sie sich jetzt wieder festhielt. Dann wanderten seine Finger erneut in ihren Schritt. Der leichte Druck von außen, den seine kreisenden Handbewegungen nun ausübten, stimulierte ihre Klito und ließ Laura ruhiger werden. Sie atmete tief ein und aus und konzentrierte sich auf dieses Gefühl.

Gleichzeitig drückte er wieder mit seiner Eichel von unten gegen ihren Eingang. Doch dieses Mal konnte sie es schon nicht mehr erwarten, seine Härte in sich zu spüren. Sie ließ das Gewicht ihres Oberkörpers in ihre Arme sinken, die Finger fest um die Duschhalterung geklammert. Dann reckte sie ihren Po noch etwas weiter nach hinten, damit er endlich in sie eindringen konnte!

Als sich die breite Spitze seiner Härte nun in sie schob, stöhnte Laura laut auf. Jede seiner kraftvollen Bewegungen ließ sie leicht erzittern, weil seine Eichel innen genau an ihrem empfindsamsten Punkt rieb. Laura genoss diese intensive Stimulation. Sie spürte den Druck seiner Spitze in ihrem Gang auf und ab wandern. Und jedes Mal, wenn seine Eichel an ihrem Lustzentrum entlangglitt, hielt Laura den Atem an. Ihre Vagina zog sich dann zusammen und löste ein Ziehen aus, das sich für einen kurzen Moment warm in ihren Unterleib ausbreitete.

Dieses Gefühl war sehr angenehm, aber es war ihr nicht genug. Es war eher der erste Funkenflug des großen Feuers der Lust, das gerade noch geschürt werden musste. Wie viele Stöße würde es noch dauern, bis sie endlich die heiße Explosion in ihrem Körper spüren würde?

Jede seiner Bewegungen verstärkte Lauras Nervosität. Ihre Atmung beschleunigte sich. Keuchend stieß sie die Luft erst aus, um sogleich nach neuer zu schnappen. Bei dem Gedanken, dass sie bald von den Qualen ihres Verlangens erlöst werden würde, versteifte sich ihr Rücken, ihre Hände verkrampften sich und ihre Füße versuchten sich in den Boden zu krallen. Sie verlagerte ihr Gewicht jetzt etwas mehr auf die Zehenspitzen, um ihre eigene Stimulation noch zu intensivieren. Sie flüsterte heiser: »Ja, weiter so.«

Aber anstatt so weiterzumachen, umfassten seine Hände ihr Becken mit einem Mal deutlich fester und drückten sie zurück in ihre vorherige Position. Zuerst versuchte Laura sich zu wehren, jedoch war es für sie ganz unmöglich, dieser kraftvollen Umklammerung zu entkommen. Die Bewegungen in ihr wurden schneller und heftiger. Ein tiefes Stöhnen erklang von hinten. Dann umfassten seine Arme ihre Taille. Mit ruckartigen Bewegungen trieb er sein Glied immer tiefer in sie hinein. Laura bog ihren Rücken durch, damit ihre Klito wieder mehr stimuliert wurde. Aber ganz unmöglich. Der Mann hinter ihr hielt sie fest, drückte sie zurück, presste sich fester in sie. Schneller. Roher. Seine Lust war heiß, pur und hart. Sein Penis fuhr immer fester in ihre Enge, rieb stärker. Sein Stöhnen wurde abgehackter. Erst hörte sie sein Ächzen, dann kam er mit einem festen Strahl in ihrem Inneren.

Sein heißer Oberkörper legte sich auf ihren Rücken. Das Herz pochte. Er seufzte.

Laura wand sich verzweifelt unter ihm. Das konnte doch noch nicht alles gewesen sein! Ihre unbefriedigte Lust pulsierte in ihrem Inneren, während der Mann hinter ihr zufrieden schmatzte.

Seine Lippen strichen über ihre Haut. Wieder dieses Kratzen. Aber jetzt war es eindeutig. Es waren Bartstoppeln! Nicks Bartstoppeln! Sie konnte ihre Freude über diese Gewissheit nicht mehr unterdrücken und raunte leise: »Nick, bist du das? Sag bitte, dass du es bist!«

Die tiefe Stimme kam wieder ganz nahe an ihr Ohr: »Kluges Mädchen! Denkst du, ich lasse so etwas Feines wie dich einfach davonlaufen? Aber jetzt bleib so stehen, wie du bist. Wir zwei sind noch nicht fertig. Ich will dich schließlich auch noch stöhnen hören!«

Laura legte ihren Kopf in den Nacken, öffnete den Mund und stieß einen lautlosen Freudenschrei aus.

»Entspann dich, Mädchen! So wird das sonst nichts mit deiner Lust«, rügte Nick sie scharf von hinten.

Sie bemühte sich, ruhiger ein- und auszuatmen, um ihren stürmischen Herzschlag wieder unter Kontrolle zu bekommen. Aber es fiel ihr sehr schwer, sich zu beruhigen, denn der Gedanke, dass es wirklich Nick war, ließ ihr Herz stattdessen nur noch schneller hämmern.

Sie spürte seinen vom Schweiß nassen Oberkörper auf ihrem Rücken und konnte ebenfalls seinen schnellen Herzschlag fühlen. Dann liebkosten seine weichen Lippen wieder ihren Hals und wanderten weiter zu ihrer Schulter.

Sie sog die Luft scharf ein. Ein Kribbeln überzog ihre Haut.

Als Nicks Finger nun ihre Nippel berührten, wurden diese sofort hart. Sie stöhnte leise auf. Ihre Anspannung löste sich etwas.

Seine Bewegungen in ihr waren nun sehr langsam. Seine breite Eichel fuhr vorsichtig zurück bis kurz vor ihren Ausgang, um dann wieder sanft in sie zu stoßen. Laura bog ihren Rücken weiter durch, um seinen weicher werdenden Penis in sich zu behalten. Ihr Po klatschte in immer kürzeren Abständen gegen seine Lenden.

Eine innere Hitze breite sich in Lauras Körper aus. Es war eine Mischung aus der körperlichen Anstrengung ihrer Bewegungen und der Befürchtung, dass ihre Lust am Ende doch wieder unbefriedigt bleiben würde, wenn sein Penis noch mehr schrumpfte oder sogar hinausglitt.

›Bitte nicht jetzt. Ich brauche noch ein bisschen!‹, flehte Laura innerlich.

Ihre Bewegungen wurden ruckartiger und schneller. Es war doch ihr gutes Recht, nun auch noch einen Höhepunkt zu erleben!

Sie bog ihren Rücken noch ein Stückchen weiter nach hinten durch. Ein scharfer Schmerz schoss ihre Wirbelsäule entlang nach oben.

»Ah!«, sie konnte den Aufschrei nicht unterdrücken. Dann presste sie hervor: »Los, mach weiter! Ich kann gleich nicht mehr!«

Kaum hatte sie ihre Worte gekeucht, berührte Nicks Finger sanft ihren Spalt. Seine Fingerspitze suchte sich den Weg und massierte vorsichtig Lauras bereits dick geschwollene Lusttraube. Sie öffnete den Mund und stöhnte laut auf, als seine Bewegungen die ersten Funken eines lustvollen Glimmens in ihrer Mitte entfachten! Schnell wurde die schwache Glut in ihrem Schoß kräftiger und erste Flämmchen züngelten empor, um ihren ganzen Körper zu entflammen. Die Hitze aus ihrer Mitte breitete sich rasend aus, während Nicks Finger mit sanftem Druck um ihren Liebespunkt kreiste.

Dann stieß er endlich wieder etwas fester in sie. Sein Glied war inzwischen deutlich angeschwollen und hart. Mit seinem freien Arm umklammerte er ihr Becken, um sie in der richtigen Position zu halten.

»Oh ja, weiter«, drangen die Worte stöhnend aus ihrem Mund.

Lauras Keuchen wurde lauter. Ihre Vagina zuckte bei jedem seiner Stöße und fachte ihr inneres Feuer weiter an. ›Oh, mein

Gott. Ja!‹ Die Flammen schlugen brennend um sich. Dann löste sein kreisender Finger den Flächenbrand aus! Die Hitze erfasste erst ihren Schoß, dann ihre Brust. Laura seufzte. Sein Kreisen wurde schneller. Sie verstärkte den Druck auf ihre Klito, indem sie sich zusätzlich noch an seinem Finger rieb. ›Genau so! Gleich …‹ Laura stöhnte lauter auf. Sein heißer Atem in ihrem Nacken. Schweiß auf ihrer Haut. Seine Härte drückte nun auch von innen genau gegen ihre empfindsamste Stelle. Lauras Stöhnen vereinte sich mit seinem Keuchen. Dann endlich: ein starkes Zucken in ihrem Schoß! Wellenartige Schübe. Eine Feuerwalze raste durch ihren Körper, Hitze überall, ihr Gesicht brannte. Sein Schrei, ihr Stöhnen, dann sein letzter Stoß, ganz sanft.

»Oh, Nick …«

***

»Laura? Hallo, Laura, aufwachen!«

Etwas Kühles berührte ihre heiße Schulter. Rütteln. Laura öffnete die Augen und sah Sarahs Gesicht verschwommen über sich.

»Was … was ist denn los? Sarah?«

»Laura, bist du etwa eingeschlafen? Komm, steh auf! Wir sind schon lange über der Zeit!«

Ihre Kollegin zog sie mit aller Kraft am Arm nach oben und stützte sie beim Aufstehen, als ihre Beine drohten nachzugeben.

»Was ist denn bloß los? Wo sind die anderen?«

»Die Jungs sind schon lange im Ruheraum. Alles okay mit dir?«

»Ich denke schon …«

»Komm mit, höchste Zeit für eine Abkühlung.«

Laura nickte langsam: »Ja, das glaube ich auch. So eine Hitzewallung hatte ich schon lange nicht mehr …«

Ekstase

Ich begegnete Alex an einem Freitagnachmittag im Schwimmbad. Wie gewohnt kraulte ich zügig meine Bahnen, als ein Schwimmer geschmeidig an mir vorbeiglitt. Alle seine Muskeln waren klar definiert und sein Stil makellos. Fasziniert schaute ich ihm hinterher und beschloss, ihn einzuholen. Ich beschleunigte mein Tempo deutlich, kam näher an ihn heran und überholte ihn sogar bei der Wende. Welche Genugtuung!

Als ich mich jedoch am Ende der nächsten Bahn kurz nach hinten umschaute, sah ich ihn nur noch wie einen Blitz an mir vorbeischießen. Er wendete mit einem extragroßen Platscher und war schon wieder verschwunden, bevor ich zu einer Wende überhaupt ansetzen konnte. So eine Unverschämtheit! Wir hätten zusammenstoßen können!

Nun hatte mich der Ehrgeiz gepackt. So etwas ließ ich mir nicht einfach bieten! Erst zog er an mir vorbei, ließ mich dann überholen und machte jetzt so eine Aktion! Das war doch typisch gekränkter Männerstolz, weil ein Frau schneller war als er!

Kraftvoll zog ich meine Arme durch das Wasser und versuchte, wieder zu ihm aufzuschließen. Aber nach vier weiteren Bahnen musste ich aufgeben. Er war einfach zu gut für mich.

Bevor er mich jedoch gleich noch einmal überholen konnte, schwamm ich lieber direkt zu einer der seitlichen Sitzbänke am Beckenrand und beobachtete meinen unbekannten Konkurrenten verstohlen von dort.

Er war wirklich sehr gut und seine Technik hervorragend, musste ich mir eingestehen. Als er aber nur ein paar Bahnen mehr geschwommen war als ich, wurde er langsamer und kam zu mir an die Seite. Er setzte sich einfach neben mich auf die Bank, als hätte ich ihn dazu eingeladen, nahm seine Schwimmbrille ab und lächelte mich an.

»Ich wäre ja gerne auch länger hinter der hübschen Schwimmerin im roten Badeanzug hergeschwommen, aber leider warst du etwas zu langsam für mich. Da musste ich dich dann doch noch einmal überholen. Trotzdem, dein Schwimmstil gefällt mir. Sehr grazil.«

»Oh, danke«, murmelte ich verlegen und wurde etwas rot. »Normalerweise schwimme ich auch schneller, aber ich habe eine leichte Fußverletzung«, log ich spontan.

So kamen wir also ins Gespräch. Er hieß Alex und arbeitete als Berater im Finanzbereich. Während er mir dann von wichtigen Terminen, Finanzmarktgeschäften und Vorstandspräsentationen erzählte, nickte ich eifrig. Viel interessanter war für mich dabei aber das Muskelspiel seiner Oberarme, das mich bei jeder seiner Bewegungen faszinierte. Ich hörte ihn noch etwas über Kennzahlen sagen, als ich in meinen Gedanken bereits dabei war, mit meiner Hand über seinen Oberkörper zu fahren und die Erhebungen seiner Muskeln nachzuzeichnen …

Aber was war denn das? Ich schreckte auf und starrte in sein grinsendes Gesicht. Hatte er etwa gerade seine Hand auf mein Knie gelegt?!

Mein Blick ließ ihn auflachen: »Irgendwie hatte ich das Gefühl, dass du mir nicht richtig zuhörst. An was hast du denn gerade gedacht? Dein Lächeln war sehr verführerisch und dein Blick so abwesend, da konnte ich einfach nicht widerstehen!«

Während dieser letzten Worte wanderte seine unverfrorene Hand doch tatsächlich von meinem Knie zu meinem Schenkel! Dann beugte er sich ein wenig zu mir herüber und hauchte mir einen Kuss hinter das linke Ohr.

Ich wollte bereits entrüstet protestieren, als ein zweiter Kuss auf mein Ohrläppchen mich beschwichtigte und mir sogar ein zartes »Hmmm« entlockte. Ich hielt meinen Atem, in Erwartung des nächsten Kusses, für einen Moment an. Aber stattdessen fuhr seine Hand forsch weiter an meinem Schenkel nach oben und zwischen meine Beine. Als seine Finger nun leicht gegen meinen Schritt drückten, atmete ich mit einem unterdrückten Stöhnen wieder aus.

Ich schloss meine Augen, spreizte meine Beine und rutschte ein wenig tiefer auf der Bank, um seine Berührungen deutlicher zu spüren. Ich genoss seine Massage und seufzte leise auf.

Alex lehnte sich zu mir herüber und hauchte mir ins Ohr: »Genau so soll es sein. Entspann dich und lass dich gehen!«

Er ergriff meine Hand unter Wasser und führte sie an seine Hose. Ich ertastete sein festes Glied. Schnell zog Alex seine Hose nach unten und ich umfasste vorsichtig seine Härte, traute mich aber nicht zuzupacken.

»Fass ihn ruhig fester an«, raunte er. »Ja, genau so.«

Alex rückte nun noch näher zu mir und legte sich quasi auf mich, nur getragen vom Wasser, während ich noch auf der Sitzbank saß. Er umfasste meinen Po und hob mein Becken an, um seinen steifen Penis zwischen meine Beine zu treiben.

Reflexartig umklammerte ich seinen Rücken. Gierig glitten meine Finger nun über jeden seiner Muskeln. Ich wollte alles erkunden. Dann tasteten sich meine Hände zu seinem Po hinab. Ich presste mein Becken stärker gegen seine Lenden. Gleichzeitig drückte er seine Härte rhythmisch gegen meine Scham. Seine Atmung an meinem Ohr wurde hörbar schwerer, als ich jetzt meine Beine um seine schmale Hüfte schlang. Er drückte seine Eichel stärker gegen meinen Schoß. Ein angenehmes Ziehen breitete sich von meiner Mitte bis zu meinem Magen aus. Ich stöhnte zaghaft auf: »Hm, sehr schön.«

Genau in diesem Moment wurden wir von einer energischen Stimme neben uns unterbrochen: »Geht‘s doch bitte woanders hin zum Fummeln! Habt ihr kein Bett zu Hause?«

Verwirrt schauten wir beide zur Seite und sahen eine ältere Frau neben uns sitzen, die sich ganz offensichtlich gestört fühlte. Alex blieb jedoch ganz locker: »Ja, wir sind gleich weg.«

Danach flüsterte er mir noch ins Ohr: »Dein Körper ist so aufregend und ich will dich ganz spüren. Ich kenne einen Platz, der dafür viel besser ist als dieses Becken hier!«

Alex schwamm sogleich in Richtung Ausgang, während ich noch mit meinem Gewissen haderte. Noch nie hatte ich mich nach so kurzer Zeit einem Fremden vollständig hingegeben.

Alex war deutlich älter als ich und mindestens doppelt so erfahren! Aber mein Körper sprach eine eindeutige Sprache: Ich war so feucht, dass ich es sogar hier im Wasser fühlte. Auch konnte ich an nichts anderes mehr denken als daran, noch einmal mit meinen Fingern über seine Muskeln zu streicheln, ihn zu berühren und noch mehr zu spüren!

Ich sah hinüber zum anderen Beckenrand. Dort stand er schon draußen und winkte mir zu. Ich musste mich beeilen, wenn ich nicht wollte, dass er ohne mich wegging. Das war meine einzige Chance! Ich tauchte ab, machte einige lange Züge unter Wasser, um erst kurz vor dem Beckenrand wieder aufzutauchen.

Alex sah auf mich hinunter und meinte etwas spöttisch: »Ich dachte schon, du hättest es dir anders überlegt und bevorzugst einen Tratsch mit der älteren Dame. Komm schon raus und lass uns gehen!«

Er reichte mir seine Hand, damit ich schneller aus dem Becken steigen konnte. Als ich neben ihm stand, musste ich meinen Kopf ziemlich weit in den Nacken legen, um in sein Gesicht zu schauen. Er überragte mich um einiges. Seine Schultern wirkten außerhalb des Wassers noch viel breiter und sportlicher. Bei dem Anblick seiner Figur seufzte ich leise auf.

Wir gingen zunächst Richtung Umkleidekabinen. Keiner von uns beiden sagte etwas. Ich war einfach zu aufgeregt, um ein Gespräch zu führen. Alex bemerkte das wohl und gab mir einen Klaps auf den Po.

»Komm schon, meine Kleine. Gleich werde ich dich richtig verwöhnen. Unser Plätzchen ist sehr gemütlich, und kalt wird es dir da sicherlich auch nicht werden.«

Als wir am Eingang zum Gebäude mit den Umkleiden ankamen, wollte ich gerade nach rechts in Richtung Duschen abbiegen, doch Alex zog mich am Arm.

»Wo wollen Sie denn hin, Madame? Hier geht es doch lang.«

»Wohin meinst du?«, fragte ich verwirrt.

»An einen Ort, an dem ich dich so richtig gut vernaschen kann!«, antwortete er und zwinkerte mir mit einem schiefen Grinsen zu.

Dann bog er mit mir an der Hand in den anderen Gang ab. Wir gingen einige Meter geradeaus und Alex nahm an einer Garderobe seine Tasche mit. Nun verstand ich auch endlich, was unser Ziel war: das Solarium.

***

Im Solariumbereich angekommen, wollte Alex keine Zeit mehr verschwenden. Er schob mich direkt in eine Kabine und ich sah gerade noch, wie er einen Chip für das Solarium aus seiner Tasche hervorzauberte und diesen einwarf.

»Geh schon einmal rein und mach dich nackig!«, hörte ich ihn hinter mir.

Schnell zog ich meinen Badeanzug aus und legte ihn zur Seite. Ich fröstelte vor Nervosität und Kälte. Dann kam auch Alex in die Kabine, schloss die Tür hinter sich, verriegelte sie und zog seine Hose aus.

Das Solarium bestand aus einer Art weichen Liege auf halber Höhe, die einen guten Meter breit war und einen Plastiküberzug hatte. Die Bestrahlung kam also nur von oben. Mit einem lauten Klacken gingen nun die Röhren an und es wurde blendend hell in der Kabine. Ich kniff die Augen zusammen. Gleichzeitig breitete sich eine angenehme Wärme im Raum aus.

Alex stand jetzt so dicht hinter mir, dass mich sein steifer Penis zwischen den Pobacken berührte.

»Los, dreh dich um und leg dich auf den Rücken. Ich will endlich deine kleine Möse sehen!«, sagte er mit strengem Ton.

Doch ich gehorchte nur zu gerne, drehte mich zu ihm und ließ mich langsam auf die Matratze hinter mir sinken. Das helle Licht des Solariums strahlte auf mich herab und wärmte mich. Es war aber inzwischen so hell geworden, dass ich Alex nicht mehr richtig erkennen konnte. Also schloss ich meine Augen und überließ meinen Körper ganz seiner Fantasie, während sich unter der Solariumshitze ein feiner Schweißfilm auf meiner Haut bildete.

Was würde er jetzt mit mir machen? Bei dem Gedanken, dass er sich gleich gierig auf mich stürzen wollte, seufzte ich wieder leise auf.

Alex umfasste meine Beine mit seinen Armen und zog mich mit einem kräftigen Ruck näher zu sich an den vorderen Rand der Matratze. Ich blinzelte noch einmal und konnte sehen, dass ihm die Matratze von der Höhe her bis an die Lenden reichte. Er stand vor mir und fuhr mit seiner linken Hand schnell ein paar Mal über seinen steifen Penis.

Dann öffnete er mit seinem Daumen und Mittelfinger vorsichtig meine Schamlippen und steckte seinen Zeigefinger in meinen Spalt. Der Finger drang langsam in mich ein und ich genoss seine routinierten Bewegungen. Er wusste genau, wo er mich streicheln und wie er mich massieren musste.

Ich sah zu Alex auf, konnte aber in dem weißen Licht nur noch seine Umrisse vor mir erahnen. Dennoch ließ mich allein der Gedanke daran, wie er jetzt so mächtig über mich gebeugt stand, aufstöhnen: Dieses breite Schwimmerkreuz, die muskulösen Schultern und dann seine große Hand in meinem kleinen Spalt!

»Ja, weiter so. Oh mein Gott«, flüsterte ich vor mich hin.

Ich kannte diesen Mann noch nicht einmal eine Stunde, aber Alex hatte eine Macht über mich, die ich nicht in Worte fassen konnte. Ich wollte mich ihm nur noch hingeben. Sollte er mich doch nehmen, wie es ihm Spaß machte! Ich war bereit für eine neue Erfahrung!

In diesem Moment zog er seinen Finger wieder aus meinem Spalt und leckte ihn ab.

»Du schmeckst sehr gut«, hörte ich ihn.

Ich lächelte zufrieden in mich hinein.

Dann drückte er meine Schenkel sanft, aber bestimmt auseinander. Ich ließ ihn bereitwillig gewähren, schloss meine Augen wieder und wölbte meinen Oberkörper in erregter Erwartung ins Hohlkreuz, sodass sich auch mein Busen deutlich anhob.

In diesem Moment drang sein Penis hart in mich ein. Seine breite Eichel drückte sich in meinen engen Spalt und es durchzuckte mich heiß.

»Oh Gott. Ja!«, stöhnte ich auf. Genau so hatte ich es mir gewünscht!

Erst bewegte sich Alex relativ langsam in mir und glitt gleichmäßig vor und zurück. Bald wurde er aber heftiger, umfasste mein Becken und beugte sich keuchend über mich. Er zog seinen Schwanz jedes Mal fast ganz aus mir heraus, bevor er dann mit seinem breiten Penis wieder kräftig in mich stieß. Sein pures, ja animalisches Verlangen, ließ mich ungewollt laut aufseufzen. Keiner hatte mich je zuvor so wild begehrt und mich mit so roher Lust bestiegen.

Ich legte meine Hände auf seinen festen Hintern und führte ihn noch schneller. Seine Stöße wurden intensiver, sein Hecheln über mir deutlich hörbar. Ich spreizte meine Beine noch weiter und genoss, wie er gegen meine Scham drückte.

»Ja, weiter!«, keuchte ich und stöhnte noch einmal auf.

»Nicht so laut, Baby, da sind auch andere Leute!«, zischte Alex mir sofort scharf ins Ohr. Doch im nächsten Moment wurde er selbst immer lauter.

Ich krallte mich noch mehr an seinen Hintern und führte ihn in schnellem Tempo in mich. Dabei schlang ich meine Beine um seine Taille, hob und senkte mein Becken im Takt.

Das heiße Licht brannte von oben auf Alex Rücken. Sein Schweiß tropfte auf meinen Körper und vermischte sich dort mit meinem eigenen. Meine Hände rutschten nass von seinem Hintern und fanden keinen Halt mehr.

Während sein Hecheln über mir immer deutlicher wurde, genoss ich seine kraftvollen Stöße in mir. Dann ließ ich meine Finger in meine Mitte wandern, teilte meine geschwollenen Schamlippen und umspielte meine kleine, runde Klito vorsichtig mit dem Zeigefinger. Ein Druck hier, ein leichtes Kreisen da. Ja, genau. Und noch einmal … Der Druck von Alex Härte tat von innen sein Übriges, um mich noch mehr auf Touren zu bringen. Er fuhr in mich, und stieß – jaa – genau an die magische Stelle in mir, auf die ich von oben drückte. Er zog ihn heraus und stieß wieder hinein – oh jaa, genau dorthin! Meine Beine bebten. Meine freie Hand krallte sich in die Matratze.

Alex ächzte kurz auf: »Oh mein Gott!«

»Weiter!«, keuchte ich und schob mein Becken stärker gegen das seine, die Fingerspitze auf meiner Lustperle kreisend. Jaaaa!

Alex richtete sich wieder etwas mehr auf. Seine Hüften bewegten sich jetzt abgehackt – immer schneller, immer fester. Mein Finger drückte sanft von oben gegen meine Klito. Oh ja, genau so!

Ich öffnete meinen Mund und ließ mit jedem seiner Stöße einen Atemstoß aus meiner Lunge. Ich wollte endlich von ihm befriedigt werden. Rein! Raus! Ja! Noch mehr, noch fester! Noch einmal!

Mein Höhepunkt stieg bereits langsam in mir empor, denn ich konnte das Kribbeln und Bitzeln in meiner Brust nicht mehr kontrollieren. Ich ächzte deutlich hörbar.

Auch das Atmen über mir wurde schneller. Alex murmelte etwas hinter seinen zusammengebissenen Zähnen. Was war das? Egal! Schneller! Fester! Oh ja, hier. Genau da! Ja!

Ich schrie auf, als mich meine vollkommene Lust endlich durchwallte. Sofort war seine Hand auf meinem Mund. Und ich schrie einfach weiter, bis auch der letzte Schub meines Orgasmus abgeebbt war.

Dann zog Alex seinen Penis ruckartig aus mir und rubbelte sein Glied mit schnellen Bewegungen weiter, bis er sein Sperma mit einem heißen Strahl auf meinen Bauch und Busen spritzte.

Ich seufzte zufrieden auf.

***

Das heiße Licht des Solariums brannte noch immer auf uns hinab. Es musste inzwischen sicher 45 Grad Celsius unter den Strahlern haben. Mein Schweiß lief mir zusammen mit seinem Sperma an den Seiten hinab. Alex wischte mit einem der Tücher aus dem Spender beides von mir ab.

»Mit dir kann man aber auch nirgendwo in die Öffentlichkeit gehen, wenn du so ein Theater veranstaltest und gleich laut wirst!«, rügte er mich, »Oder war das nur dein verletzter Fuß?«

Sein Grinsen war deutlich herauszuhören. Ich kicherte leise bei der Vorstellung, wie entrüstet die Dame von eben wohl geschaut hätte, wenn sie vor einer Minute den Solariumbereich betreten hätte!

Dann nahm er meine Hand und zog mich sanft am Arm: »Na, komm, Mädel, noch haben wir etwas Zeit, bevor das Geld zu Ende ist. Setz dich auf, damit ich zwischen deine großen Brüste kann!«

Während Alex begann, sich selbst mit der Hand zu massieren, rückte ich näher zum Matratzenrand und setzte mich etwas aufrechter hin. Dabei stützte ich meine Hände neben mir auf und drückte mit meinen Oberarmen meinen Busen zusammen, sodass sich beide Brüste in der Mitte berührten.

Alex kletterte jetzt ebenfalls auf die Matratze und kniete sich vor mich hin. Er schob das Solariumdach dabei weiter nach oben, damit er genug Platz hatte. Dann drückte er seinen Schwanz von unten zwischen meine Brüste. Weil noch etwas Sperma an seinem Penis war und meine Haut schweißnass, konnte sein Glied sofort ganz leicht von unten nach oben gleiten. Zusätzlich umfasste er mit seinen Händen meine beiden Brüste und bewegte sich langsam und gleichmäßig zwischen ihnen. Er schloss seine Augen und grunzte leise. Ich schaute von oben auf seinen Schwanz, von dem ich die Eichel mal mehr, mal weniger sehen konnte.

Das Gefühl zwischen meinen Brüsten war zunächst etwas ungewohnt für mich, aber ich konnte sehen, wie viel Lust es ihm bereitete, sich an meinem Busen zu befriedigen. Spontan fing ich nun an, mit meiner rechten Hand seinen Sack zu umfassen und zu massieren.

Sofort stöhnte Alex laut auf, ergriff meinen Kopf und drückte ihn unsanft nach unten. Jetzt hatte ich seinen Schwanz direkt vor meinem Mund! Ohne zu überlegen, öffnete ich meine Lippen.

Alex drang in meinen Mund ein, und ich merkte, wie er mir seinen Schwanz förmlich in den Rachen stecken wollte. Ich bekam Panik und versuchte, ihn wieder von mir wegzudrücken. Alex war jedoch so stark, dass ich meinen Kopf kaum bewegen konnte, während er immer tiefer in meinen Rachen drang. Erst als ich meinen Kopf heftig schüttelte, gab er ein wenig nach, und ich nahm seinen Penis aus meinem Mund, um nach Luft zu schnappen.

»Komm schon, nimm ihn rein! Ich komme gleich!«, zischte er, seine Hände immer noch auf meinem Kopf.

Sein Körper zitterte vor Erregung und ich wollte ihn möglichst schnell noch einmal zum Höhepunkt bringen. Also umschloss ich seinen Schaft mit meiner rechten Hand und führte ihn selbst in meinen Mund hinein. Ich achtete jedoch darauf, dass er nicht mehr so weit eindringen konnte, wenngleich er es immer noch versuchte.

Zuerst leckte ich genüsslich sein Glied der Länge nach ab. Dann umspielte ich mit meiner Zungenspitze seine Eichel, bevor ich seinen Penis schließlich doch noch mit meinen Lippen eng umschloss und ihn in meinen Mund schob.

Seine tiefe Atmung bestätigte mir sofort, wie sehr er meine Zärtlichkeiten genoss. Ich lutschte und sog an seiner Eichel, die sich weich zwischen meinen Lippen auf und nieder schob. Er atmete immer intensiver, lauter und schneller. Seine Hände verkrampften sich an meinem Busen. Er stöhnte laut auf! Dann schoss sein fester Strahl in meinen Rachen. Reflexartig schluckte ich.

Als seine Bewegungen langsamer wurden, fühlte ich mich auf einmal sehr glücklich. Ein heißer Schauer der Erregung breitete sich in meinem Schoß aus.

Ich nahm seinen Penis aus meinen Mund, um ihn dann aber noch einmal bewusst hineinzuführen. Denn ich hatte einfach Lust, sein Glied nun mit meiner Zunge so lange abzulecken, bis kein Sperma mehr dran war.

Alex atmete tief ein und aus, wuschelte mir durch die Haare und kommentierte das nur lachend: »Wenn du so weitermachst, mache ich dich ab morgen zu meiner persönlichen Assistenz! Immer zu meinen Diensten!«

Dringendes Bedürfnis

»Die Tür ist zu, mein Schatz. Merkst du das nicht?«

Aber Jennifer hört nicht auf, an der großen Metalltür zu rütteln. Mit ihrem linken Fuß tritt sie noch einmal kräftig gegen die bereits verbeulte Tür und dreht sich dann zu mir um.

Ihre Stimme zittert vor Wut: »Das darf doch nicht wahr sein! Jetzt ist das einzige verdammte Klo in diesem Bahnhof auch noch abgesperrt!«

»Vielleicht gibt es dort drüben noch eines, mein Liebling«, aber ich bin von meinem Vorschlag selbst nicht überzeugt, weil wir den ganzen Bahnhof bereits zweimal abgelaufen sind.

»Ich mach mir gleich in die Hose. Die Fahrt nach Hause halte ich nicht mehr durch!«, quengelt Jennifer und zieht an meinem Arm.

»Dann geh halt noch schnell draußen in die Büsche!«

»Neben den Taxis und vor der Polizei? Danke für den Vorschlag …«

Beleidigt reißt Jennifer sich von mir los und will den Gang entlanglaufen. Ich erwische gerade noch ihre Hand.

»Okay, tut mir leid. Dann gehen wir jetzt aber bitte zum Bahnsteig, denn die Bahn kommt gleich. Und wenn wir heute Nacht noch nach Hause wollen, sollten wir den letzten Zug besser nicht verpassen!«

Sie nickt resigniert. Ich lege ihr wieder meinen Arm um die Schulter, streiche eine Strähne aus ihrer Stirn und wir gehen gemeinsam zum Bahnsteig. Der Zug ist bereits angeschrieben und wir stellen uns etwas abseits von der anderen Wartenden hin.

Vorsichtig ziehe ich Jennifer an mich und küsse sie auf die Stirn. Zaghaft versuche ich, sie etwas abzulenken: »Es war doch ein sehr schöner Abend bisher, findest du nicht?«

»Ja, das stimmt. Und wenn jetzt auch noch dieser Zug käme, dann wäre er gleich noch viel schöner, nachdem ich daheim auf der Toilette war.«

Sie sieht von unten zu mir auf, klimpert übertrieben lieblich mit ihren Augen und gibt mir ein Bussi auf die Wange, was einer kleinen Entschuldigung gleichkommt.

Ich umfasse ihren Kopf, drehe ihr Kinn sanft zu mir, öffne meine Lippen und lasse meine Zungenspitze vorsichtig in ihren Mund wandern. Zart umspielt meine Zunge die ihre, während sie die Arme um meine Schultern legt und ihren Körper enger an den meinen schmiegt. Ich spüre ihren warmen Busen an meiner Brust, ihr Becken an meinen Lenden. Jennifers Finger fahren durch meine Haare. Ihre Zunge erwidert meine immer stürmischer werdende Begierde leidenschaftlich.

Als schließlich die Durchsage für die Zugeinfahrt erklingt, lösen wir uns etwas widerstrebend voneinander. Bevor sie sich aber ganz von mir trennt, küsst Jennifer mich noch auf den Hals. Dann nehme ich sie an die Hand und wir steigen in das fast leere Zugabteil.

Drinnen lässt sich Jennifer müde auf die Sitzbank sinken, jammert dann aber sofort auf.

»Was ist los?«, frage ich erschrocken.

Sie verzieht das Gesicht und stellt sich schnell wieder neben mich.

»Meine verdammte Blase platzt gleich! Beinahe hätte ich sie vergessen. Es drückt so. Ich kann unmöglich sitzen.«

»Du Arme. Aber jetzt haben wir es ja bald.«

Ich streiche ihr zärtlich durch die Haare. Ihr Blick ist gequält. Wir kuscheln uns aneinander, während die Bahn durch die nächtlichen Vorstädte fährt. An jeder Station leert sich unser Wagen etwas mehr, bis dann am vierten Stopp endlich auch das letzte Pärchen aussteigt.

Jennifer tippelt inzwischen nervös von einem Fuß auf den anderen. Ich versuche, sie etwas abzulenken, indem ich ihr Küsschen auf den Hals, die Schulter oder die Hände gebe. Aber das will alles nicht so recht funktionieren.

»Es fühlt sich an, als ob jemand versucht, mir mit einer Nadel den riesigen Wasserbeutel in meiner Blase zu zerpiksen. Schrecklich! Und wann fährt dieser Zug denn endlich weiter?«

In diesem Moment schließen sich die Türen und die Bahn setzt sich in Bewegung. Ich nehme Jennifer wieder in den Arm, bedecke ihr Gesicht mit Küssen und kann ihr nicht mehr widerstehen!

Wie zufällig gebe ich dem Träger ihres Kleides einen kleinen Stups mit dem Finger, sodass er von ihrer Schulter rutscht. Das klappt ja hervorragend! Jennifer scheint es nicht aufgefallen zu sein. Sie küsst immer noch mein Ohr.

Der Träger rutscht immer weiter nach unten und gibt den Ansatz ihrer Brust frei. Sanft streiche ich mit meiner Hand über den warmen Hügel ihres Busens und nähere mich ihrer Brustwarze. Gleich wird es passieren. Oh, wie ich dich dafür liebe, Jennifer!

Mit dem Nagel meines Zeigefingers fahre ich nun ganz vorsichtig über ihren Hof und zu ihrem Nippel, der sich sofort verhärtet. Jennifer stöhnt laut auf und ihr Becken sucht sofort das meine. So etwas gibt es einfach nur bei Jennifer! Eine solche Empfindsamkeit an den Brüsten habe ich noch niemals zuvor erlebt.

Ich liebkose mit meinen Lippen ihre Brust, lecke über ihre Nippel, und ihre Finger krallen sich in meinen Rücken. Sie stöhnt erneut. Mein Schwanz ist schon so hart, dass ich es bald nicht mehr aushalte. Ich will unbedingt in ihren feuchten Spalt!

Meine Hand wandert zwischen ihre Beine. Sie ächzt: »Uhh, meine Blase. Oh mein Gott.«

Schnell ziehe ich die Hand wieder weg.

»Nein, mach weiter, aber vorsichtig! Es ist ganz empfindlich da. Pass bloß auf, dass ich nicht platze!«

Ich traue mich kaum, meine Finger wieder auf ihre warme Scham zu legen, aber dann schiebe ich ihre Kleidchen doch nach oben, schlüpfe unter ihr Höschen. Ihr Schritt scheint zu dampfen. Ich lege meine Finger ganz leicht auf ihre krausen Locken und drücke sanft gegen ihre Schamlippen.

Jennifer keucht hörbar: »Ahhh, jaa!«

Ihre Hände fahren über meinen Rücken, schlüpfen unter mein T-Shirt, kratzen über meine Haut.

Das ist zu viel für mich. Jetzt halte ich es nicht mehr aus. Ich gehe langsam zwei Schritte nach rechts in Richtung der Sitzbank, auf der sie zuvor kurz gesessen hatte. Dabei höre ich nicht auf, mit meinen Fingern ihre Locken zu massieren. Sie folgt mir nach. Schnell knöpfe ich meine Hose auf und setze mich auf die Sitzbank. Jennifer kniet sich über mich auf das Polster.

»Uhh«, ächzt sie wieder, »meine Blase!«

Sie will sich schon wieder erheben, aber ich halte sie fest. Jetzt gibt es kein Zurück mehr, meine Liebe! Ich setze an, etwas zu sagen, aber da geht ein Ruck durch das Abteil und der Zug bremst scharf, bis er zum völligen Stillstand kommt.

Wir schauen beide aus dem Fenster, spiegeln uns darin, können aber nichts erkennen außer der Dunkelheit draußen. Wahrscheinlich sind wir in einem Tunnel, überlege ich noch.

Jennifer wimmert weinerlich: »Verdammter Mist! Das gibt es doch nicht. Ich explodiere jeden Moment und dieser Zug hält einfach im Nirgendwo!«

Ich ziehe sie näher an mich, lecke dann vorsichtig über ihre Nippel, bis sie sich wieder beruhigt hat, die Augen schließt, den Mund öffnet und leise vor Lust seufzt. Meine Finger wandern zurück auf ihre Scham. Ein lautes Stöhnen von oben. »Nicht so fest. Meine Blase! Oh Gott …«

Aber anstatt sich aufzurichten, drückt Jennifer sich jetzt noch etwas stärker an meinen Finger und massierte ihre Knospe in ihrem eigenen Takt. »Ahh, mach weiter. Das ist so intensiv …«

Es ist wirklich unglaublich, wie empfindlich sie da unten scheinbar ist! Ich tippe ihre Klito nur an und schon stöhnt Jennifer laut auf. Was wird erst passieren, wenn ich gleich in ihr bin!?

Mit der zweiten Hand hole ich schon einmal meinen steifen Penis aus den Boxershorts und flüstere dabei in Jennifers Ohr: »Los, zieh dein Höschen aus!«

»Aber doch nicht hier im Zug! Das geht nicht! Außerdem muss ich so dringend. Ich halte es gleich nicht mehr aus!«

»Ja, genau deswegen. Dein Höschen soll ja nicht nass werden. Los!«

Ich helfe ihr dabei, den kleinen String auszuziehen, und stecke ihn in meine Jackentasche. Dann nimmt sie meinen breiten Penis in ihre schmale Hand, rubbelt zweimal schnell darüber und setzt sich endlich auf mich drauf!

Ich atme laut aus, als meine Eichel sich in Jennifers Muschi drückt und von ihrer warmen Enge aufgenommen wird. Vorsichtig dringe ich tiefer in sie ein. Sie ist angespannt, ihr Spalt so wunderbar eng. Ihre Vagina zuckt!

Jennifer drückt sich ebenfalls leicht gegen meine Lenden. Sie stöhnt lustvoll auf, dann ächzt sie: »Oh nein, ich kann nicht mehr. Ich muss!«

»Dann lass es los. Einfach so. Komm!«

»Spinnst du?! Ich kann mich doch nicht hier auf dir gehen lassen!«

Ihre Muschi zuckt erneut. Ich stoße in sie.

»Und ob! Lass einfach laufen …«

Sie krallt sich in meine Schultern, ich umfasse ihre beiden Pobacken fest mit meinen Händen, massiere sie und drücke ihr Becken dann gegen das meine, während ich von unten immer tiefer in sie dringe. Jennifer wird lauter und ich intensiviere meine Bewegungen in ihr, wie immer, wenn ich sie so zum Orgasmus bringe.

»Ahhh, ahhh …«

Aber dann, als ich denke, dass sie schon kommt, wird sie mit einem Mal noch viel lauter! Ihre Fingernägel kratzen auf meinen Schultern, sie presst ihr Becken heftiger gegen das meine. Ihr Vaginalmuskel zieht sich reflexartig immer schneller zusammen. Ich schließe meine Augen und schiebe meine Härte tiefer in ihren Gang, damit meine Eichel noch stärker stimuliert wird von ihrer Vagina. Oh, jaaaa. Es ist unglaublich: auf, zu, auf, zu. Weiter!

Alles Blut strömt in meine Mitte. Ich öffne die Augen, aber es ist schwarz um mich herum. Ich kann nichts sehen. Meine Hände und Füße sind wie taub. Und es geht immer weiter: auf, zu, auf, zu. Ich schiebe mich tiefer in ihre Enge. Ihr Stöhnen wird erst leiser und dann wieder lauter, sie muss einen unglaublichen Orgasmus haben! Ja, mach weiter, Mädchen. Los!

Sie schreit: »Oh nein!« Kratzt mit ihren Nägeln über meinen Arm.

»Ah, verdammt!«, fluche ich und stoße fester in sie.

Dann ein heißer Strahl! Es ist nass. Was ist los? Jennifer ächzt auf, stöhnt und reitet wie wild auf mir! Alles spritzt auf mich drauf. Ich stöhne auch, aber nicht, weil ich ihren Strahl will, sondern weil ihre Muschi nun noch wilder zuckt und mich im wahrsten Sinne des Wortes melkt!

Ich umklammere Jennifers Taille und lasse sie auf mir reiten. Heiße Flüssigkeit ist überall. Ihr Vaginalmuskel zuckt immer mehr. So eng, so wunderbar eng! Das Zucken wird immer stärker. Ich kann meine Eichel kaum mehr durch ihre Enge pressen. Oh verdammt! Ja, jetzt!

Mit einer gewaltigen Entladung schießt alles Blut aus meinem Körper in meine Spitze und schleudert mein Sperma in ihren Schoß. »Ahhhh!«

Ich vergrabe mein Gesicht zwischen ihren Brüsten und atme schwer ein und aus. Wir verlangsamen beide unsere Bewegungen und dann beruhigt sich auch wieder unsere Atmung.

Ich küsse mir meinen Weg von Jennifers Busen zu ihren Lippen, die schon sehnsüchtig auf mich warten. Ihre Zunge schiebt sich heiß und gierig in meinen Mund, umschlingt die meine und wir kommunizieren auf unserer privatesten Ebene, tauschen unsere innersten Gefühle liebevoll miteinander aus.

Dann flüstere ich in ihr Ohr: »Ich glaube, wir sollten uns mal in eine andere Ecke setzen. Nicht, dass wir noch mit dieser Pfütze der Lust in Verbindung gebracht werden.«

»Da hast du wohl Recht«, antwortet sie, und ich kann bereits das unterdrückte Kichern in ihrer Stimme hören. »Aber zumindest kann ich jetzt entspannt darauf warten, wann denn dieser verdammte Zug weiterfährt! Vielleicht muss ich dann irgendwann wieder Pipi und kann noch einmal so einen unglaublichen Orgasmus erleben wie diesen!«

Devote Momente

Die Wohnungstür fiel laut hinter Sandy ins Schloss. Sie seufzte, schob den Trolley in die Ecke neben der Garderobe und warf ihren Uniformmantel und den Blazer achtlos auf einen Stuhl daneben.

Auf dem Weg von der Tür durch die Küche schnappte sie sich ein kühles Bier und hinterließ bis zum Sofa eine Spur aus Pumps, Strümpfen, Gürtel und Uniformrock. Sie knöpfte den oberen Teil ihrer Bluse auf und ließ sich dann auf das Sofa fallen.

Sie streckte die Füße über die Armlehnen aus, bevor sie die Bierdose zischend öffnete und einen großen Schluck nahm. Normalerweise trank sie nachmittags keinen Alkohol und schon gar kein Bier. Aber heute war alles anders, denn ihre zurückliegende Dreitagestour war sehr anstrengend gewesen. Und dann war da auch noch Jeff, ihr Kollege aus dem Cockpit. Schon bei dem Gedanken an ihn huschte ihr ein Lächeln über die Lippen und ihre linke Hand suchte den Weg in ihren Schoß, begleitet von einem tiefen Seufzen der Verzweiflung.

Mit leichtem Druck ließ sie ihre Finger in ihrer Mitte kreisen, und ihre Gedanken durchliefen noch einmal diese sonderbare Begegnung.

***

Angefangen hatte alles wie immer: Vor dem ersten Flug des Tages sammelte sich die Kabinenbesatzung im sogenannten Briefingraum. Die Chefin der Kabine, Purserette Kate, besprach mit den Flugbegleitern die Details des Service. Anschließend wurden die Sitzpositionen festgelegt. Sandy wählte einen Platz im hinteren Teil des Fliegers, um gemeinsam mit ihrer Kollegin Lisa in der Economy Class zu arbeiten. Das war ihr sehr recht, da sie Lisa bereits kannte und sich schon darauf freute, die ersten beiden Tage ihrer Tour mit der Kollegin ein Team zu bilden und natürlich auch zu tratschen. Die Abende in Madrid und Oslo wollten sie gemeinsam verbringen, bevor Sandy dann am dritten Tag mit einer anderen Crew von Oslo aus weiterfliegen würde.

Als gegen Ende der Besprechung die Tür ihres Briefingraumes geöffnet wurde und die Kollegen aus dem Cockpit eintraten, bereute Sandy ihre Entscheidung sofort. Denn neben dem kleinen, etwas dickbäuchigen Copiloten, der sich als Steve vorstellte, stand Jeff, der Kapitän. Er war hochgewachsen, aber nicht schlaksig. Seine breiten Schultern und die schmalen Hüften wurden von seiner Uniform noch zusätzlich betont. Als er seine Kapitänsmütze abnahm, sah Sandy die kurzen, schwarzen Haare, die einen wunderbaren Kontrast zu seinen blauen Augen bildeten.

Sandy versuchte, noch schnell ihre Haare zu sortieren, bevor Jeff ihr die Hand gab. Er stellte sich ihr mit seinem jungenhaften Lächeln und einem kurzen Zwinkern vor. Jedoch konnte Sandy weder ihren Namen sagen, noch erhob sie sich andeutungsweise dabei, denn mit einem Mal versagten ihr die Kräfte. Sie sah nichts anderes mehr als Jeffs Gesicht und seine hellblauen Augen.

In Gedanken öffnete sie bereits sein Hemd und bedeckte seine Brust mit Küssen, während er sie hochhob und in das Nebenzimmer trug. Sie versuchte, ihre Gedanken wieder in den Griff zu bekommen, aber dieser Film lief immer weiter, bis Kate zweimal laut in die Hände klatschte und Sandy endlich wieder in die Realität zurückholte: »So, meine Lieben, es kann losgehen!«

***

Die ersten beiden Flüge des Tages waren gewohnt hektisch und ließen Sandy nicht viel Zeit, darüber nachzugrübeln, wie sie sich Jeff am besten nähern konnte, ohne dass es ihren Kolleginnen zu sehr auffiel.

Als das Flugzeug dann vor dem letzten Weiterflug des Tages nach Madrid gesäubert wurde und Jeff aus dem Cockpit kam, um mit Kate zu plaudern, konnte Sandy die Gelegenheit nicht ungenutzt verstreichen lassen. Schnell ging sie nach vorne und unterbrach das Gespräch der beiden: »Kate, wie viele Gäste haben wir denn nach Madrid?«

Die Purserette sah sie auf diese Frage hin irritiert an und knurrte nur: »Weiß ich noch nicht.«

Dann drehte sich Kate demonstrativ von ihr weg, um weiter mit Jeff zu sprechen. Dieser wedelte hingegen bereits mit dem Umschlag, der die Flugunterlagen enthielt, und sagte: »Frag doch einfach mich!«

Er öffnete den Umschlag und studierte die Blätter. Dann grinste er Sandy an und meinte: »Du hast Glück! Wir haben nicht allzu viele Gäste. Also kannst du sicherlich für die Landung vorne ins Cockpit kommen, wenn Kate nichts dagegen hat.«

Sandy zog die Stirn kraus und sah Jeff verständnislos an. Warum sollte sie zur Landung ins Cockpit kommen?

Jeff hob seine linke Augenbraue und meinte: »Du hattest mich doch vorhin selbst darum gebeten, beim Anflug auf Madrid vorn sitzen zu können, oder?«

Erst jetzt reagierte Sandy und nickte schnell: »Ja, das wäre super!«

Kate räusperte sich und zischte dann: »Okay, wenn du unbedingt willst. Aber jetzt gehst du bitte wieder an deine Position. Die Gäste kommen gleich.«

***

Der Flug nach Madrid erschien Sandy wie eine Ewigkeit und sie konnte sich nicht mehr auf ihre Arbeit konzentrieren. Einmal fiel ihr ein Essenstablett auf den Boden. Später brachte sie die Extrawünsche zweier Passagiere durcheinander.

Nach knapp zwei Stunden machte Kate dann endlich ihre Ansage für die bevorstehende Landung, und Sandy stürzte förmlich nach vorne. Als sie an Kate vorbeihuschte, vermied sie es lieber, ihre Chefin anzusehen.

Sie öffnete die Cockpittür und trat ein. Jeff gab ihr nur ein kurzes Zeichen. Sie klappte den sogenannten Jumpseat für eine dritte Person im Cockpit aus der Wand. Der Landeanflug hatte bereits begonnen.

Beim Anschnallen mit dem Fünfpunkt-Gurt musste sie zunächst ihren Rock ein ganzes Stück nach oben schieben, um auch den Zusatzgurt zwischen ihren Beinen richtig anzulegen. Sie wollte gerade den Rock wieder möglichst weit herunterziehen, als sie eine Bewegung vor sich wahrnahm. Sandy sah kurz auf und ihr Blick traf sich mit Jeffs in seiner verspiegelten Sonnenblende am Cockpitfenster. Er zwinkerte ihr kurz zu und rückte dann die Sonnenblende so zurecht, dass er offensichtlich genau in ihren Schoß sehen konnte!

›So ist das also‹, dachte Sandy und lächelte in sich hinein, ›das Spiel ist ja schon so gut wie gewonnen!‹

Wie nebenbei schob sie nun den Rock wieder ein Stück weiter nach oben und ließ dann die Finger über ihre Oberschenkel zu den Knien gleiten. Sie tat so, als ob sie seine gierigen Blicke nicht weiter bemerkt hätte, und beobachtete stattdessen interessiert den Copiloten, der dabei war, die Landung durchzuführen. Um das Spielchen jedoch noch etwas pikanter zu machen, ließ sie hin und wieder ihre Beine ein wenig auseinanderkippen und strich sich mit einer Hand versonnen über den schlanken Schenkel.

In Gedanken ging Sandy dabei bereits ihren Koffer durch und überlegte sich, welche Unterwäsche sie für den Abend mit Jeff in Madrid anziehen könnte. Denn nach dem gemeinsamen Abendessen mit der Crew würden sie beide sicherlich von einer Bar zur nächsten ziehen, um sich dann spät nachts in seinem oder ihrem Zimmer leidenschaftlich zu lieben … ¡Olé, Madrid!

***

Allerdings wurde dieser Abend zu einem großen Reinfall für Sandy. Denn statt dass sie neben Jeff im Restaurant saß und mit ihm später noch auf einen Drink weiterzog, hatte sich Kate neben ihn gesetzt und redete ununterbrochen auf ihn ein. Jeder Versuch von Sandy, ihn in ein Gespräch zu verwickeln, wurde sofort unterbunden. Zu Sandys Verwunderung schien Jeff davon jedoch nicht irritiert zu sein, sondern unterhielt sich in bester Laune mit Kate.

Mit jeder Stunde wuchs Sandys Eifersucht auf Kate und sie versuchte, ihr gekränktes Selbstwertgefühl mit Rotwein zu betäuben. Das Resultat beschränkte sich jedoch auf starke Kopfschmerzen, die Sandy am nächsten Morgen befielen, als der Wecker klingelte und sie allein in ihrem Hotelbett aufwachte.

Als wäre diese Demütigung noch nicht genug gewesen, kam ihre Kollegin Lisa vor dem Rückflug von Madrid nach London zu ihr, sah ihr in die Augen und fragte sie geradeheraus: »Der Jeff gefällt dir, oder?«

Sandy war sich nicht sicher, ob sie richtig verstanden hatte, und schaute die Kollegin verdutzt an, bevor sie möglichst beiläufig antwortete: »Wie kommst du denn auf so etwas?«

»Das war gestern Abend doch kaum zu übersehen!«, antwortete Lisa trocken.

Sandy drehte sich schnell weg und meinte nur schnippisch: »Und wenn schon! Er ist ja auch ein attraktiver Mann.«

Lisa schenkte sich in der Bordküche einen frisch gebrühten Kaffee ein und bot ihrer Kollegin auch einen Becher an. Sandy überlegte einen Moment, nahm dann aber dankend an und setzte sich schließlich neben Lisa. Die sah Sandy erst einmal ernst an und begann dann zu sprechen: »Also, Sandy, um es dir gleich zu sagen: Jeff und Kate sind ein Paar. Auch wenn sie das nicht zeigen, weil Jeff das Kuscheln vor der Crew nicht mag. Die beiden sind seit mindestens zwei Jahren zusammen. Und Kate ist ziemlich eifersüchtig, wie du vielleicht auch schon bemerkt hast.«

Nun wurde Sandy natürlich einiges klar. Denn Kate war heute Früh auf der Fahrt zum Flughafen ihr gegenüber extrem abweisend gewesen.

Lisa redete bereits weiter: »Ich kenne den Jeff schon ein wenig länger. Der war früher ein echter Schwerenöter und Hallodri, bis er eben mit Kate zusammengekommen ist. Ich muss zugeben, dass wir beide auch einmal einen Flirt hatten. Ich erinnere mich noch sehr gut an jene Nacht in Rom. Ich kann deine Faszination für ihn also gut verstehen. Aber hör auf mich: Lass es lieber sein! Kate ist recht einflussreich und nicht dumm. Du bist nur noch heute mit uns in Oslo unterwegs und fliegst morgen mit einer anderen Crew weiter. Geh heute Abend lieber einfach mit mir Abendessen. Lass die beiden allein. Glaub mir, das ist das Beste für dich!«

Nach dieser sehr direkten Ansage rutschte Sandy auf ihrem Stuhl ein wenig nervös hin und her, bevor sie zögernd nickte und ihren Kaffee austrank: »Okay, ich werde es mir überlegen.«

Denn jetzt musste sie sich erst noch eine Meinung über diese neue Situation bilden und ihr weiteres Vorgehen abwägen: ›Konnte das wirklich wahr sein? Jeffs Signale waren gestern doch so eindeutig! Oder hat er sich nur einen Spaß mit mir erlaubt?‹

Sandy seufzte und Lisa strich ihr tröstend über den Kopf.

***

Sandy hatte sich den ganzen Tag im hinteren Teil des Flugzeuges aufgehalten und sah Jeff erst wieder auf dem Weg zu ihrem Hotel in Oslo. Ihre Kollegin Lisa hatte für die Crew eine ganze Colaflasche voll Wodka-Orange abgefüllt und verteilte den Longdrink nun in Plastikbechern im Crewbus auf der Fahrt ins Hotel.

Sandy leerten ihren ersten Becher mit wenigen Zügen und ließ sich nachschenken. Aber auch nach dem zweiten und dritten Becher konnte sie den Anblick der beiden vor sich nicht besser ertragen. Kate redete wieder pausenlos auf Jeff ein und er alberte auch noch mit ihr herum wie ein verliebter Schuljunge! Das war zu viel!

Nach dem vierten Becher wollte Lisa ihr nichts mehr geben. Daraufhin beschloss Sandy endgültig, ihr Projekt an dieser Stelle abzubrechen. Wenn Jeff wirklich auf so eine fürchterliche Frau stand, die mit ihrem Doppelkinn und den aschfahlen Haaren so gar nicht attraktiv war, dann war es wohl ein Zeichen seines schlechten Geschmacks, und er war ihrer nicht würdig!

Als sie im Hotel eincheckten, verabredete sich Sandy deshalb auch gleich mit Lisa zu einem gemeinsamen Stadtrundgang durch Oslo inklusive Bootstour an diesem Abend, während Kate und Jeff schon auf ihre Zimmer gingen.

Da Lisa aber erst noch einige Besorgungen machen wollte, hatte Sandy ihr gleich angeboten, dann in der Hotellobby auf sie zu warten. Denn Sandy liebte dieses Hotel in Oslo nicht nur wegen der zentralen Lage, sondern auch für seine Waffeln, die man sich nach Lust und Laune in einer Sitzecke der Lobby zubereiten konnte. Es gab Teig, ein Waffeleisen, Marmelade, Schokosoße und Sahne, so viel man wollte. Also genau das Richtige, um sich abzulenken!

Nach zwei Waffeln ließ Sandy sich müde in einen Sessel fallen und blätterte ziellos in einer Zeitschrift.

»Du hast mir ja gar nicht gesagt, dass du auch Norwegisch kannst! Aber ich wusste doch, dass in dir mehr steckt als eine hübsche Saftschubse!«

Sandy zuckte zusammen. Das war Jeff! Er stand vor ihr und sah sie mit seinen durchdringenden Augen auffordernd an. Sie ließ die Zeitschrift sinken und schaute zu ihm auf. Er ergriff ihre Hand und zog sie aus dem Sessel. Bevor sie noch etwas sagen konnte, schob er sie schon in Richtung Aufzug.

»Komm schon! Ich habe dich bereits überall gesucht. Keine Widerrede!«

Als sich die Aufzugstüren schlossen, umfasste Jeff Sandys Taille und küsste sie hinter das Ohr. Sie genoss das Gefühl seiner warmen Lippen auf ihrer Haut. Im vierten Stock angekommen, konnte sie aber nur noch mit Mühe ihre Zimmertür aufschließen, weil er sie schon heftig von hinten bedrängte. Sein Atem war an ihrem Ohr, seine Finger strichen über ihre Brust und seine Lenden drückten sich begehrlich von hinten gegen sie.

Kaum hatte Sandy die Zimmertür geschlossen, zog Jeff ihr die Bluse über den Kopf und warf ihren BH auf den Boden. Hastig begann sie Jeffs Hose zu öffnen und umfasste seine Härte, während er ihre Brüste mit seinen Händen bedeckte.

»Ja, endlich!«, seufzte Sandy.

Sie schloss ihre Augen und ließ ihn gewähren. Mit einer Mischung aus Sanftheit und wilder Lust massierte Jeff ihren Busen, knabberte und saugte an den Nippeln. Seine Lippen waren einfach überall!

Dann löste sich Jeff von ihr, zog sein T-Shirt und die Hose aus, streifte ein Kondom über und ging zum Bett. Sandy ließ er dabei allein in der Mitte des Zimmers stehen.

»So, meine kleine Flugbegleiterin, jetzt zeig mir mal, was in dir steckt! Du kannst mit mir machen, was du möchtest!«

Mit diesen Worten ließ Jeff sich auf das Doppelbett fallen, streckte seine Arme und Beine von sich und grinste sie auffordernd an.

Das ließ Sandy sich natürlich nicht zweimal sagen!

Zunächst begann sie langsam mit ihren Hüften zu kreisen, während sie ihre Jeans aufknöpfte und auszog. Nur noch mit einem Slip bekleidet stieg sie zu ihm auf das Bett, stellte sich über Jeff und begann mit ihren Brüsten zu spielen. Erst knetete sie ihren vollen Busen, der kaum in ihre Hände passte. Dann presste sie beide Brüste zusammen und schob sie nach oben, um an ihren eigenen Nippeln zu lecken. Dabei ließ sie Jeff nicht aus den Augen.

Sein Grinsen wurde immer breiter und er begann sich bereits selbst zu massieren. Sein hungriger Blick auf ihren Schritt ermutigte Sandy weiterzumachen. Sie schloss ihre Augen, um sich mehr auf die eigenen Berührungen konzentrieren zu können. Aber allein schon bei dem Gedanken, wie sehr sie Jeff bereits mit ihrem Anblick geil machte, zog es in ihrem Schoß und ein warmer Schauer der Erregung durchlief ihren Unterleib.

Mit ihren Fingern strich sie nun vorsichtig von außen über ihr Höschen, fühlte ihre kurzen, dichten Schamhaare und schob dann den Slip zur Seite. Als ihr Finger seinen Weg in ihren heißen Spalt fand, war sie bereits sehr feucht. Vorsichtig rubbelte sie über ihre Klito, die schnell anschwoll. Sie rieb intensiver. Ein erstes Stöhnen entwich ihr. Als sie dann wieder zu Jeff hinabsah, lag dieser immer noch unter ihr auf dem Bett und rubbelte sein Glied.

Bei dem Blick auf seinen festen Penis konnte Sandy schon fast nicht mehr widerstehen. Sie wollte ihn endlich in sich aufnehmen, ihn in sich spüren! Wollte auf ihm reiten, vor Lust schreien, um erst sich selbst und dann ihn zu befriedigen! Aber so leicht würde sie es ihm nicht machen! Denn er hatte sie eindeutig zu lange hingehalten.

Also kniete sie sich nun auf das Bett und setzte sich zunächst nur auf sein rechtes Schienbein. Sie begann ihr Lustzentrum langsam und dann immer schneller an seinem Unterschenkel zu reiben. Der sanfte Druck von außen war genau richtig, um sie noch mehr auf Touren zu bringen. Sie atmete tief ein und aus.

»Oh ja«, stöhnte sie leise.

»Los, setz dich endlich auf mich! Ich will dich spüren!«

Jeffs Stimme war sehr ungeduldig und seine Bewegungen wurden fahriger. Also legte sich Sandy der Länge nach so auf sein Bein, dass sie mit ihrem Mund genau bis zu seinem Glied kam.

Erst leckte sie mit ihrer Zungenspitze vorsichtig um seine Eichel. Dann nahm sie seine Härte in die Hand und umschloss sie mit ihrem Mund. Jetzt entlud sich bei Jeff mit einem Mal alles bisher unterdrückte Stöhnen: »Ahh!«

Sie führte seine Härte schnell in ihren Mund hinein und wieder heraus. Gleichzeitig drückte sie ihre Zunge fest an sein Glied, woraufhin Jeffs Seufzen in ein Stöhnen überging und deutlich lauter wurde. Sein Penis schwoll immer weiter an, je mehr sie leckte.

Als Jeff ihr heiser zuflüsterte: »Weiter so, genau, ja!«, ließen seine Worte ihre Augen böse funkeln. Abrupt nahm sie seine Härte aus ihrem Mund, damit er nicht kam.

»Hör nicht auf, du geile Schlampe!«, zischte er ihr sofort zu.

Er griff nach ihrem Armen, um sie wieder nach unten zu drücken. Aber Sandy stellte mit fester Stimme klar: »Lass deine Hände, wo sie sind! Du wolltest, dass ich mit dir mache, was ich möchte.«

»Du verflixtes Biest! Du kannst doch jetzt nicht aufhören! Warte nur, bis ich an der Reihe bin.«

»Da bin ich schon gespannt! Aber jetzt bin *ich* erst einmal dran!«

Sandy richtete sich wieder auf, erhob sich und setzte sich dann genau auf Jeffs Penis. Jedoch führte sie ihn nicht ein, sondern presste sich nur von oben dagegen. Sie begann auf seinem Schaft so entlangzurutschen, dass seine breite Eichel genau ihre Liebesknospe massierte und sie den Druck selbst regulieren konnte, indem sie sich stärker oder schwächer gegen seine Härte drückte.

Sie stützte ihre Hände neben seinem Oberkörper auf und rieb sich etwas schneller an ihm. Langsam wurde ihr heiß. Sie schloss die Augen und seufzte leise, bis sie Jeffs gepresste Stimme hörte: »So kann ich aber nicht kommen …«

»Na und? Jetzt bin ja auch *ich* dran!«, erwiderte sie nur kurz und würdigte ihn keines Blickes, sondern fing stattdessen auch noch an, diese Massage mit einem Finger zusätzlich von außen zu verstärken, bis sie ein erstes schwaches Lodern in ihrer Mitte wahrnahm. Die Wärme breitete sich in ihrem Schoß aus und sie stöhnte auf.

»Mmh, ahhh.«

Immer schneller drückte sie nun ihre kleine, feste Lustkugel wieder gegen Jeffs Glied. Aber auch er schien sich jetzt in ihrem Takt zu bewegen. Ihre eigenen Bewegungen und seine ungestillte, drängende Lust wirkten auf Sandys auflodernden Verlangen wie ein Brandbeschleuniger.

Das kleine Flämmchen der Lust breitete sich jetzt blitzartig zu einem Flächenbrand in ihrem Schoß aus. Ihre Mitte wurde immer heißer, ihre Bewegungen schneller, bis eine innere Eruption eine Feuerwalze durch ihren Körper schickte und ihr Blut aufkochen ließ.

Sandy schrie ihre Lust zusammen mit dem Frust der letzten beiden Tage aus sich heraus. Jeff versuchte noch, ihr eine Hand auf den Mund zu legen, aber die schlug sie sofort weg. Sie ritt so lange auf ihm weiter, bis alle Anspannung nachließ und sich die Feuersbrunst in ihrem Schoß wieder in ein harmloses Glimmen verwandelt hatte.

Als sie dann ruhiger atmen konnte, sah sie erschöpft zu Jeff hinab. Er presste seinen Penis von unten wieder fester in ihren

Spalt und grunzte: »Los, mach schon, ich halte es nicht mehr aus. Setz dich endlich auf mich!«

Also erhob sich Sandy von ihren Knien und ging über Jeffs senkrechtem Penis in die Hocke. Schnell umfasste er mit seinen Händen ihr Becken auf beiden Seiten und übernahm die Führung. Seine breite Eichel drückte von unten gegen ihren feuchten Spalt. Doch durch diese Hockposition war ihr Eingang nun so eng und angespannt, dass sie ihm helfen musste, seine Härte zwischen ihre Schamlippen einzuführen.

Jeff keuchte: »Mach schneller! Oh mein Gott! Jaa!«

Aber auch Sandy musste stöhnen, als er endlich mit seinem dicken Penis in sie eindrang. Sie konnte ihn genau spüren und wollte ihn noch tiefer in sich aufzunehmen. Jeff führte nun ihr Becken mit festem Griff nach oben und unten. Sandy genoss seine festen Stöße, die schnell intensiver wurden. Sein anfängliches Grunzen ging jetzt in ein Ächzen über, bis er laut stöhnte: »Oh ja, weiter! Ich komme gleich!«

Er presste sich immer fester in ihre Enge, während Sandy sich, seinen Handbewegungen an ihrem Becken folgend, auf und ab bewegte. Erster Schweiß bildete sich auf ihrer Stirn und sie begann leise zu keuchen.

Dabei beobachtete sie Jeff die ganze Zeit genau und sah, wie die Adern an seinem Hals erst langsam dicker wurden und jetzt deutlich hervorstanden. Sein Kopf rötete sich vor Anstrengung. Er kniff seine Augen zusammen, röchelte und stöhnte. Seine Bewegungen wurden schneller. Heftiger. Sein Griff fester. Dann der Schrei! Tiefe Stöße, und Sandy konnte spüren, wie sich das Kondom in ihrer Enge füllte.

Jeff seufzte auf. Sein Körper wurde schlaffer, sein Griff lockerte sich, bis er dann ganz von ihr abließ und in sein Kissen sank. Er streichelte mit seiner linken Hand zärtlich über Sandys Scham, als er ihr zuflüsterte: »Meine Erwartungen an dich waren keineswegs zu hoch. Du bist ja noch enger, als ich gehofft hatte! Du bist ein Traum!«

Vorsichtig stieg Sandy von Jeff und legte sich erschöpft neben ihn ins Bett.

***

Sie musste wohl eingenickt sein, denn als sie ihre Augen das nächste Mal öffnete, kam Jeff gerade nackt aus dem Bad. Er ging zu ihrem Koffer und nahm zwei Blusen in die Hand.

Sandy setzte sich sofort auf und rief: »Wehe, du wischst dich an denen ab! Ich brauche dein Sperma nicht an meinen neuen Sachen!«

Jeff grinste nur frech und funkelte sie mit seinen hellen Augen an. Er kam zu ihr ans Bett und begann wortlos das erste Hemd um ihre Augen zu binden.

Dann meinte er mit ruhiger Stimme: »Keine Angst, die werden nicht schmutzig, meine Kleine. Dreh dich auf den Bauch. Ich werde dich schon noch so zureiten, wie du es verdienst!«

Sandys Magen verkrampfte sich, weil sie so etwas Hartes noch nie von einem Mann gehört hatte. Gleichzeitig fühlte sie wieder ein leichtes Glimmen in ihrer Mitte. Denn Jeffs Männlichkeit war zu anziehend für sie. Sie wollte von ihm noch einmal genommen werden. Sie hätte alles für ihn getan!

Also drehte sie sich mit verbundenen Augen auf den Bauch. Jeff führte ihren linken Arm nach vorne über ihren Kopf. Dann nahm er auch ihren rechten Arm und begann, beide zusammen an einen der Bettpfosten zu binden.

Bei dem puren Gedanken daran, dass er sie nun gleich von hinten nehmen würde, ohne dass sie sich wehren konnte, loderte Sandys Schoß erneut heiß auf. Es verlangte sie so stark nach seiner männlichen Kraft. Endlich wollte sie seine Dominanz über sich spüren!

»So, meine Kleine. Jetzt bin ich erst einmal dran!«, kam Jeffs Stimme von hinten. »Also knie dich hin, damit ich dich besser nehmen kann!«

Kaum hatte Sandy sich auf ihre Knie gerappelt, drang sein Penis wieder in sie ein. Dieses Mal glitt er sehr geschmeidig in ihren nassen Spalt und sein noch etwas weicher Schaft wurde bereits nach den ersten Bewegungen hart.

Ein heißer Funken sprühte von Sandys Mitte in ihren Unterleib, als Jeff von innen gegen ihren Lustpunkt stieß. »Ja, genau«, entwich ihr ein leiser Seufzer. »Weitermachen!«

Aber in diesem Moment zog er sich aus Sandys Spalt zurück und gab ihr einen festen Klaps auf den Hintern: »Was du kannst, kann ich schon lange!«

»Idiot!«, zischte Sandy noch und ließ dann ihren Kopf zwischen den Armen hängen, um abzuwarten. Sie spürte, wie Flüssigkeit aus ihrer Scheide lief. Es konnte aber nur ihr eigener Saft sein, denn Jeff benutzte auch dieses Mal wieder ein Kondom.

Was würde jetzt kommen? Würde er sie streicheln oder noch einmal hart nehmen? Ihr Schoß brannte bereits darauf, wieder von ihm berührt zu werden!

In der Zwischenzeit war Jeff kurz aufgesprungen und kniete sich jetzt wieder hinter Sandy. Dann spürte sie seinen Finger mit einer kalten, feuchten Substanz an ihrem After. Alles krampfte sich in ihr zusammen! Was sollte das?!

»Entspann dich, Mädchen. Es ist nur kurz unangenehm. Aber ich muss dich unbedingt noch von hinten nehmen. Das ist einfach das Geilste!«, sagte Jeff mit heiserer Stimme, während er die Gleitcreme an ihren After strich.

Dann drückte er seinen Finger mit der Creme ein gutes Stück in ihren hinteren Spalt.

»Ahh!«, stöhnte Sandy auf.

Aber noch während sie aufstöhnte, ebbte der Schmerz bereits ab, als Jeff seinen Finger wieder herauszog. Sandy atmete auf.

Dann legte Jeff seine Hände auf ihre Pobacken und schob diese vorsichtig auseinander. Das Nächste, was sie spürte, war sein Schwanz, der an ihrer Öffnung ansetzte. Er war kalt und glibberig von der Gleitcreme, die Jeff darauf verteilt hatte.

Langsam und so gefühlvoll wie möglich wurde seine breite Eichel nun in ihren After geschoben. Sandy atmete stoßweise aus, um sich besser zu entspannen, aber es gelang ihr nicht. Sie war zu nervös!

Jeff drückte sich immer tiefer in sie. Sandy ächzte, als ein feuriger Schmerz durch ihren Körper zuckte. Sie hatte das Gefühl, ihr After würde aufgerissen. Die Brandspur durchzog ihren Po, führte in ihren After und schoss ihren Rücken entlang bis in ihren Kopf.

»Ahhhh …«

Sie kniff ihre Augen zusammen und biss sich auf die Zunge, um bloß nicht zu schreien. Tränen liefen ihr aus den Augenwinkeln an den Wangen hinunter.

Sie stöhnte erneut auf vor Schmerzen und jammerte flehentlich: »Ahh! Bitte … nicht!«

Aber Jeff kannte kein Erbarmen. Er drückte seine dicke Eichel gleichmäßig immer weiter in ihren Gang. Dabei umfasste er ihr Becken sehr fest und zog sich daran nach vorne, bis seine Lenden ihren Hintern berührten.

Sandy schrie auf: »Oh mein Gott! Ahh …«

Sofort war seine Hand auf ihrem Mund.

Sie biss in seinen Finger!

Jeff fluchte laut: »Schlampe!«

Sie biss fester zu und schüttelte ihren Kopf dabei.

Jeffs Stimme war ungehalten: »Ist ja schon gut, Mädchen. Das Schlimmste hast du doch überstanden! Gleich gibt es eine Belohnung!«

Und mit einem Mal ließ der Schmerz deutlich nach.

Sandy atmete aus, entspannte sich und ließ von Jeffs Finger ab. Sein Penis war immer noch in ihr, aber ihre Rosette wurde nicht mehr so stark gedehnt wie bei seinem Eintritt. Jeffs Härte bewegte sich gleichmäßig und langsam vor und zurück. Das Stöhnen hinter ihr wurde tiefer. Fast ein Grunzen. Animalisch. Keuchen, erst leise, dann immer lauter.

Jetzt umfasste Jeff mit einem Arm sehr eng ihre Taille. Er legte seinen Oberkörper auf ihren Rücken. Mit seiner zweiten Hand strich er ihr erst über den Schoß, teilte dann vorsichtig ihre Schamlippen und ließ seinen Finger in ihren feuchten, warmen Spalt wandern.

Mühelos fand er ihre pralle, runde Klito und stimulierte sie sachte. Er drückte leicht dagegen und rubbelte sanft, während die Lautstärke seines eigenen Stöhnens parallel zu der Intensität seiner Stöße zunahm.

Sofort glomm die Glut in Sandys Mitte wieder auf und verwandelte sich mit jeder seiner Bewegungen an ihrer Klito in ein immer kräftigeres Feuer. Die Hitze stieg erneut in ihrem Körper auf. Es kribbelte in ihren Fingern und ihr Schoß brannte bereits lichterloh. Unkontrolliert begann Sandy zu stöhnen, bis sie die Beherrschung dann völlig verlor und erneut aufschrie, als die Flammen der Lust wild in ihrem Schoß um sich schlugen und den Buschbrand der Begierde in einem neuen Höhepunkt durch ihren Körper wallen ließen. In diesem Moment kam auch Jeff mit lautem Ächzen.

Erschöpft ließ Sandy sich auf das Bett fallen. Jeff zog sich aus ihr zurück und stand auf, um sie loszubinden. Als er Sandys Hemden dann wieder ordentlich in ihren Koffer gelegt hatte, verschwand er noch einmal im Bad. Sandy streckte sich auf ihrem großen Doppelbett aus und schloss die Augen, um sich zu erholen.

Nur wenige Minuten später hatte Jeff sich fertig geduscht und zog sich an. »Morgen Früh gibt es noch ein Zuckerl für meine Kleine«, sagte er und knöpfte sein Hemd zu. »Ich gehe morgens immer joggen. Das weiß Kate. Und eine Runde mit dir wird mich sicher fitter machen als fünf Runden im Stadtpark. Ich lass dein Zimmertelefon dreimal klingeln, damit du aufwachst. Dann kannst du mir die Tür aufmachen.«

Er kam zu ihr ans Bett, gab ihr einen Kuss auf die Stirn und war im nächsten Moment auch schon durch ihre Zimmertür verschwunden.

Sandy schloss die Augen und versuchte ihre Gedanken zu ordnen, um zu verstehen, was gerade passiert war.

***

Als das Telefon am nächsten Morgen dreimal klingelte, setzte Sandy sich schlaftrunken auf. War das etwa wirklich Jeff?

Sie war gerade noch dabei, ein T-Shirt aus ihrem Koffer zu suchen, als es bereits an der Tür klopfte. Ihr Herz pochte heftig, ihre Hand zitterte.

Notdürftig nur mit einem Shirt bedeckt öffnete sie. Und da stand wirklich Jeff! Sie brachte keinen Ton hervor. Aber das war auch nicht notwendig. Denn Jeff hob sie wortlos auf seine Arme, schob mit seinem Fuß die Tür hinter sich zu und trug sie zurück zum Bett.

Was dann folgte, war pure Lust. Denn Jeff verwöhnte Sandy mit seiner Zunge so liebevoll, dass ihr Schoß nach kürzester Zeit schon wieder vor Lust aufloderte und sie laut stöhnte.

Doch dann stoppte Jeff sein Zungenspiel!

Sandy hob ihren Kopf und starrte ihn entsetzt an: »Weitermachten. Oh mein Gott, ich komme gleich. Schnell!«

Aber Jeff grinste nur breit, streichelte statt dessen eine gefühlte Ewigkeit nur über ihre Schenkel und küsste diese, bis er dann endlich wieder sein Wunderwerk fortsetzte und Sandys Zuckerspalte leckte.

Ihre Finger krallten sich in das Laken. Sie bewegte ihren Unterleib im Rhythmus seiner Zunge. Die Flammen griffen schnell um sich. Erst brannte ihre Klito, dann ihr ganzer Schoß. Das Feuer fraß sich seinen Weg zu ihrem Herzen und brachte es zu einer leidenschaftlichen Explosion. Sandy stöhnte, wimmerte, schrie. Jeffs Zunge drückte immer weiter gegen Sandys Lustperle, bis sie verstummt war und Tränen der Wonne heiß über ihre Wangen liefen.

Mit einem Kuss auf ihren Schoß vollendete Jeff sein Werk. Sandy sank erschöpft in ihr Bett zurück und rührte sich nicht mehr.

Etwas schwerfällig drehte sie ihren Kopf, sah Jeff nach, wie er mit einem Augenzwinkern ihr Zimmer verließ, um noch zu einer kleinen Joggingrunde zu starten.

Als die Tür hinter ihm ins Schloss fiel, wurde ihr Körper von einem Schluchzen geschüttelt.

Warum war alles so ungerecht? Was hatte Kate, was sie nicht hatte? Wann würde sie Jeff wiedersehen?

Heute sicherlich nicht mehr. Denn für sie ging es bald mit einer neuen Crew nach London, während Jeff mit Kate nach Manchester fliegen würde.

Sie starrte auf die geschlossene Tür. Ein Träne tropfte auf ihr Kissen.

Feuchte Höhepunkte

Natürlich ist an so einem Sommertag wie heute jeder schattige Platz am See bereits belegt. Da hätten wir wirklich früher kommen müssen.

Also breiten wir unsere Badetücher etwas abseits hinter zwei Büschen aus. So sind wir zwar weiter entfernt vom Wasser, aber dafür kann mir Mara auch ungestört weiter von ihrem neuen Freund berichten.

Wir liegen gemeinsam in der heißen Mittagssonne und Mara erzählt mir pikante Details, aus denen deutlich hervorgeht, dass sie beide die Abwechslung lieben und gerne Neues ausprobieren.

Ich höre aufmerksam zu und gönne Mara das neue Glück von ganzem Herzen, kann aber ein leises Aufseufzen nicht unterdrücken. Warum kann es bei mir nicht genauso sein? Warum fällt es mir immer so schwer, Steve meine Fantasien mitzuteilen oder seine Ideen für neue Stellungen lustvoll umzusetzen? Warum bin ich dabei immer so verkrampft?

Plötzlich tippt mir Mara auf die Schulter.

»Sanna, du bist schon ganz rot!« Ihr Tonfall ist alarmierend. »Brauchst du etwas Sonnencreme von mir?«

»Gerne. Kannst du mich da bitte kurz einschmieren?«

»Aber klar doch! Dreh dich einfach um.«

Also drehe ich mich auf den Bauch und Mara lässt sich langsam auf meinen Po sinken, ohne ihre Erzählungen dabei zu unterbrechen. Sie rutscht einige Male hin und her, bis sie endlich bequem sitzt.

Kühle Sonnenmilch tropft auf meine aufgeheizten Schultern. Maras schlanke Finger verteilen die Creme auf meiner Haut und massieren mich. Dabei wippt Maras ganzer Körper mit jeder Bewegung deutlich auf mir vor und zurück. Erst lehnt sie sich nach vorne, um ihren Fingern auf meinen Schultern einen stärkeren Druck zu verleihen, bis sie ihr Gewicht dann wieder auf meinen Po verlagert und meine Schultern nach hinten zieht.

Ja, das tut gut!

Je öfter sich Mara dabei auf meinen Po drückt, desto mehr breitet sich die Wärme ihres Schoßes durch den dünnen Stoff des Bikinihöschens aus. Ich kann schon genau fühlen, an welcher Stelle ihre Muschi mich berührt.

Inzwischen sind Maras Hände von meinen Schultern an meine Seiten gewandert. Ihre langen Fingernägel streichen sanft an der Haut neben meinem Busen entlang und kitzeln mich leicht.

Was für ein angenehmer Schauer! Ich schnurre wie eine Katze, die mehr gekrault werden möchte.

Mara lacht auf.

Dann gleiten ihre Hände an meiner Wirbelsäule wieder nach oben. Mara lehnt sich erneut nach vorne, um mit ihrem Körpergewicht den Druck ihrer Finger auf meinen Rücken noch zu verstärken.

»Hmmm, weitermachen«, flüstere ich und recke meine Nase dabei noch etwas mehr in die Sonne.

Ihre Finger wandern zwischen meinen Schulterblättern entlang nach oben, über meinen Nacken bis zu meinem Haaransatz und graben sich dann vorsichtig in meine Haare. Ein wohliges Kribbeln läuft über meine Kopfhaut. Reflexartig schüttle ich meinen Kopf und meine Schultern.

»Gut so?«, fragt Mara etwas besorgt, wobei sie die Antwort doch schon längst wissen müsste.

»Oh ja, das ist sehr schön …«, schnurre ich wieder vor mich hin.

»Ich mache dein Bikinioberteil auf, damit ich dich besser eincremen kann«, höre ich Mara sagen.

Ich will gerade protestieren, da hat sie schon die Schleife meines schwarzen Bikinitops geöffnet.

Was macht sie da?! Kann uns jemand sehen? Oh nein, lieber nicht! Aber es tut so gut … Ich will ihre zarten Finger auch an anderen Stellen auf meinem Körper spüren …

Maras Hände gleiten bereits wieder an den Außenseiten meiner Brüste entlang. Ein angenehmes Ziehen läuft durch meinen Körper bis in meinen Schoß. Automatisch drücke ich mein Becken zusätzlich etwas gegen den Boden, um eine leichte Stimulation auf meiner Scham zu bekommen.

Ich atme deutlich hörbar aus.

Was ist das? Kann es sein, dass sich Mara gerade gleichzeitig von oben auch etwas stärker gegen meine Pobacken drückt?

Ich presse mich wieder gegen den harten Untergrund. Hmmm, das tut gut.

Und ja, da ist wieder diese kleine, harte Perle an meiner rechten Pobacke. Das muss Maras Kitzler sein! Und noch einmal! Oh mein Gott, ja, es ist ganz eindeutig. Sie reibt sich an mir!

Ich beiße mir auf die Unterlippe, um ein Aufstöhnen bei diesem Gedanken zu unterdrücken.

»Dreh dich um, Sanna. Dann kann ich dich auch vorne massieren«, fordert Mara mich jetzt auf.

Was?! Ich soll mich umdrehen?

Mein Herzschlag setzt aus. Meine Kehle verengt sich und ich zögere einen Moment. Eine plötzliche Hitze in meinem Kopf sagt mir, dass ich ein hochrotes Gesicht haben muss.

Wie kann Mara nur so unbefangen sein und mich jetzt ernsthaft am Busen massieren wollen? Allein die Vorstellung, dass sich ihre Muschi an meiner reiben könnte, lässt meinen Schoß pulsieren …

»Los, mach schon. Keine Scheu, meine Süße!«, höre ich ihre Stimme über mir.

Mara kichert und setzt sich neben mich auf das Handtuch, damit ich mich umdrehen kann.

Ich lege mich auf den Rücken, traue mich dabei aber nicht, meiner Freundin in die Augen zu schauen, aus Angst, dass sie meine Scham, aber auch meine heimliche Lust entdecken könnte.

Mara beruhigt mich: »Jetzt hab doch keine Angst. Uns sieht schon keiner. Was soll denn außerdem daran verboten sein, wenn zwei gute Freundinnen ein wenig Spaß miteinander haben? Schau mich an, Sanna!«

Zögernd richte ich meinen Blick zu ihr nach oben. Sie strahlt mich an. Dann fährt Maras Hand vorsichtig über meine Wange, um mir einige Strähnen aus dem Gesicht zu streichen. Sie beugt sich nach vorne und ihre Lippen nähern sich den meinen.

Mara flüstert: »Mach jetzt deine Augen zu und lass dich gehen. Du wirst sehen, wie schön es sein kann.«

Also schließe ich meine Augen und versuche, ruhiger zu atmen. Jedoch sind mein Herzschlag und meine Atmung unkontrollierbar. Ich atme kurz und abgehackt, während mein Herz immer lauter in mir hämmert. In diesem Moment berühren Maras zarte Lippen meine Wange.

Du lieber Himmel!

Ich seufze auf, als sich diese Anspannung in mir löst.

Dann gleiten ihre Lippen sanft zu meinem Mund. Ich rieche bereits den leichten Erdbeergeruch ihres Lipglosses. Sie wird mich doch nicht etwa gleich …?

Ihr Atem ist warm auf meiner Haut. Etwas berührt meine Lippen! Mein Magen krampft sich zusammen. Ich ächze leise. Dann nimmt Mara meinen Kopf in beide Hände und küsst mich mehrmals ganz sacht.

Zögerlich erwidere ich Maras Lippenbewegungen. Geschickt öffnet sie nun meine Lippen mit ihrer Zungenspitze und lässt diese ganz behutsam in meinen Mund wandern. Auf der Suche nach meiner Zunge tastet sich ihre gefühlvoll voran und erforscht meinen Mund. Vorsichtig komme ich ihr entgegen.

Nach einer gefühlten Unendlichkeit berühre ich ihre warme Spitze. Sie umschlingt die meine gekonnt. Die raue Haut ihrer Zunge kitzelt. Ich gebe mich ihrem Spiel willenlos hin. Helle Funken sprühen vor meinen geschlossenen Augen, bis sich irgendwann ihre Lippen wieder von den meinen lösen und an meinem Hals entlangwandern.

Ihre Hände umfassen meinen blanken Busen und massieren ihn sanft, aber bestimmt. Erst jetzt setzt Mara sich langsam von oben auf mich. Diesmal drückt ihre heiße Scham direkt gegen die meine. Höschen an Höschen.

Was soll ich bloß machen? Am liebsten würde ich sie noch mehr an mich ziehen, mich reiben, mich an sie pressen, bis ich komme. Bis sie kommt!

Da ist auch wieder ihre harte Klito. Sie reibt sich wieder an mir!

Ich öffne meine Augen einen kleinen Spalt breit und beobachte Mara heimlich von unten. Sie hat die Augen geschlossen. Ihre Bewegungen auf mir sind nun leicht kreisend. Ihre Perle zwischen uns. Ihr Kitzler ist so unglaublich hart und groß! Ich drücke mich vorsichtig stärker dagegen.

Jetzt fällt es mir wieder ein: Hatte sie mir nicht einmal von einem Intimpiercing erzählt, das ihr so viele unverhoffte Lustmomente verschaffte? Ja, das muss es sein, denn so eine große, harte Klito ist einfach unvorstellbar!

Maras rhythmische Bewegungen drücken das Kügelchen ihres Piercings leicht von außen gegen mein erwachendes Lustzentrum. Ihre Hände fahren dabei über meinen Busen. Die kreisenden Bewegungen ihres Piercings werden auf meiner Scham immer deutlicher spürbar. Maras Tempo wird schneller, ihre Atmung stärker. Eine warme Feuchtigkeit breitet sich von ihrem Höschen aus. Sie öffnet den Mund. Erst ist nur ein leichtes, dann ein etwas deutlicheres Stöhnen zu hören.

Fasziniert betrachte ich Mara von unten. Ihre kleinen Brüste, die sich unter ihrem Bikinitop abzeichnen, sind direkt über mir. Vorsichtig strecke ich meine Finger aus, um ihre Nippel zu berühren, die unter dem Stoff versteckt sind. Ich lege meine Hand auf das bunte Dreieck auf ihrer Brust und spüre ihren Herzschlag.

Wieder dieses leise Stöhnen.

Mit geschlossenen Augen reckt Mara ihr Gesicht der Sonne entgegen, den Mund geöffnet, ihre Hände auf meinem Busen. Sie reibt sich immer stärker an mir. Das harte Bällchen tanzt zwischen uns auf und ab, drückt sich immer angenehmer gegen meine eigene Klito.

Das fühlt sich gut an. Sehr gut! Ich will mehr davon!

Ich drücke mich in Maras Takt von unten gegen sie. Als Reaktion wird ihr Kreisen nur noch intensiver und ihre Finger krallen sich fester in meinen Busen. Ich versuche meine Beine ein wenig zu spreizen, um mir selbst eine direktere Stimulation zu verschaffen. Aber Mara lässt das noch nicht zu. Dafür reibt sie sich immer mehr. Ihr Stöhnen ist jetzt deutlich hörbar!

»Ahhh, hmmm …«

Ich hebe und senke mein Becken trotzdem weiter. Versuche mehr Druck auf meine Liebeskugel zu bekommen. Maras Muschi wird immer heißer auf meinem Höschen. Ihre Bewegungen heftiger. Mit einem Mal lehnt sich Mara mit ihrem vollen Gewicht auf meine Brust. Sie reißt den Mund auf, ein fast lautloser, lang gezogener Schrei. Dann schweres Atmen. Langsameres Kreisen. Mara sinkt wieder auf meinen Schoß zurück. Ein Lächeln.

Fasziniert starre ich auf Maras Gesicht. Wie kann sie nur so schnell zu einem Orgasmus kommen? Ist dieses Kügelchen wirklich ein solcher Lustbringer?

Ich beobachte, wie sich Maras Atmung langsam wieder beruhigt. Vorsichtig lasse ich meine Hände an ihrem Oberkörper nach unten ins Gras gleiten.

Dann öffnet Mara die Augen und sieht mich an. Ich lächle ihr zu.

»Wow, das sah gut aus«, sage ich schüchtern und beneide sie um diesen Höhepunkt, während mein Schoß noch vor Sehnsucht glüht und nach Berührung giert.

»Das war auch gut. Mit meinem Piercing kann das sehr schnell gehen, wenn ich auf Touren komme. Jetzt bist aber erst einmal du dran!«

Bei diesen Worten rutscht sie ein wenig auf meinen Beinen nach hinten und zieht mein Höschen ein Stück zur Seite. Ihr Gesicht senkt sich und ihre Lippen berühren meine Scham, küssen meinen Venushügel.

Ich schnurre leise.

Dann teilen Maras Finger meine Schamlippen und ihre zarte Zungenspitze fährt in meinen pulsierenden Spalt. Mein Schnurren wird zu einem leisen Jammern.

Ihr lustvoller Zungenschlag bohrt sich in meinen Schoß: erst zart, dann scharf, hart, gierig! Hitze breitet sich in meiner Mitte aus. Ja, weiter!

Ich stöhne leise auf.

Dann schließe ich meine Augen, um mich besser auf meine Empfindungen konzentrieren zu können. Oh, hoffentlich hört sie nie auf!

Maras Zunge wandert in mich hinein und umspielt meine Liebesperle. Alles Blut sammelt sich nun in meinem Schoß. Mit jeder Bewegung ihrer magischen Zunge wird meine Anspannung größer, mein Stöhnen lauter. Ich atme hörbar aus und sauge die Luft danach wieder tief in mich ein, während das Pulsieren in meinem Spalt immer stärker wird.

Jetzt ist da auch noch ein Finger von Mara, der sachte in mich fährt, über meine Perle streicht und tiefer eindringt. Er drückt leicht von innen gegen meinen G-Punkt. Oh ja! Dazu Maras Zunge, die von oben meine Klito massiert. Oh, mein Gott! Pulsierende Wellen breiten sich in meinem Unterleib aus.

Ich hebe mein Becken im Rhythmus ihrer Bewegungen, um dieses Gefühl noch zu intensivieren. Auch Maras Zunge wird nun immer drängender in mir. Ihr Atem glüht heiß in meiner Muschi, während sie mit der ganzen Breite ihrer Zunge gegen meine Klito drückt.

Endlich beginnt das ersehnte Kribbeln in meinen Händen und Füßen, das meinen nahenden Orgasmus ankündigt. Tausende kleiner Bläschen scheinen meine Adern entlang bis in meinen Schoß zu wandern. Kaum erreichen die ersten Bläschen mein Zentrum und prallen dort aufeinander, löst Maras Zungenspitze eine Kettenreaktion aus! Ein Bläschen explodiert und reißt das nächste mit sich. Ein plötzlicher Hitzestoß rast durch meinen Körper, erfasst meine Arme, Beine und schießt bis in die Fingerspitzen. Ich unterdrücke ein lautes Stöhnen, keuche nur. Ein Zucken läuft durch meinen Körper.

Aber Maras Zungenschläge hören nicht auf, sondern bohren sich weiter in meinen Spalt. Oh, diese Lust! Mach weiter! Verzweifelt beiße ich immer fester auf meine Unterlippe, bis ich es nicht mehr aushalte, und laut ächze: »Ahhhh!«

Dann stöhne ich, zucke, verliere die Kontrolle! Eine erneute Hitzewelle! Und noch eine! Dieses Mal aber etwas schwächer. Langsam ebben die Wellen ab.

Ich atme schwer und bin wahnsinnig erschöpft. Mara hat inzwischen ihre Hand flach auf meine immer noch pulsierende Scham gelegt und massiert mich vorsichtig von außen. Ihre zweite Hand kitzelt sanft meinen Bauch. Ein Lächeln liegt auf ihrem Gesicht.

Ich atme tief ein und blase die Luft geräuschvoll aus mir heraus. Mara streichelt mir über die Haare und küsst mich auf die Wange.

Dann sagte sie: »Komm, lass uns ins Wasser gehen. Ich brauche eine Abkühlung. Und du erst recht!«

Dabei gibt sie mir den Hauch eines Kusses auf die Stirn, bindet mein Bikinioberteil wieder zusammen und hilft mir beim Aufstehen.

Mara will bereits losrennen, da halte ich sie am Arm fest.

»Was ist?«, Mara schaut mich irritiert an.

»Es ist nur …«, ich suche nach den richtigen Worten. »Denkst du, wir sollten unseren Freunden etwas erzählen?«, frage ich sie dann leise.

»Wieso denn?«, entgegnet Mara forsch. »Würde das etwas ändern? Am Ende wollten die beiden auch noch mitmachen! Und dann wäre es nicht mehr unser süßes Geheimnis.«

»Das stimmt!«

Sie zwinkert mir zu und wir lachen beide. Ich bin erleichtert.

Mara reißt sich von mir los und läuft hinunter zum Wasser.

Ich verharre noch einen Moment und sehe ihr nach. Der pure Gedanke an weitere feuchte Höhepunkte mit Mara löst ein warmes Ziehen in meinem Schoß aus. Ich streiche versonnen über mein Höschen und muss kichern. Dann laufe ich ihr hinterher.

Mädchen für alles

Mein amerikanischer Traum wurde in Kalifornien wahr. Für ein Jahr durfte ich als Au-pair bei meinen Gasteltern Ashley und Dave in Santa Barbara leben. Sie waren ein echtes Bilderbuchpaar. Beide groß, blond, hübsch und mit zwei zuckersüßen Kindern, Pete und Jenny.

Im Gespräch mit anderen Au-pairs wurde mir auch schnell klar, wie viel Glück ich mit meiner Familie hatte. Ich musste weder putzen noch kochen. Meine einzigen Aufgaben bestanden darin, die Kinder morgens in den Kindergarten zu bringen und nachmittags wieder abzuholen. Die Zeit dazwischen verbrachte ich am Strand. Abends besuchte ich dann noch meinen Englischkurs.

Nach wenigen Wochen war mein Teint von der gleichen tiefbraunen Farbe wie der von Ashley und Dave. Auch modisch passte ich mich meiner neuen Umgebung bald an. Ashley ging mit mir zusammen zum Einkaufen und wir kamen mit Tüten voll Hotpants, trägerlosen Tops und Bikinis zurück. Als ich meine neue Kollektion meinem Gastvater Dave vorführte, nickte er sehr anerkennend und schnalzte mit seiner Zunge: »So etwas solltest du öfters tragen, bei so einem hübschen Hintern!«

Ich lachte etwas verlegen und wusste nicht so recht, was ich antworten sollte. So ein Kompliment von einem überaus attraktiven Mann ließ mich nicht kalt. Ich richtete mich gleich noch etwas mehr auf und reckte meine Brust stolz vor.

Als ich wenige Tage später nach dem Abendessen die Teller abräumte, um sie zu Ashley in die Küche zu bringen, kam ich an Dave vorbei. Seine Hand streifte die meine, als ich seinen Teller nehmen wollte, und er raunte mir zu: »Die Bluse steht dir hervorragend. Sie betont alle deine Vorzüge.«

Ich senkte den Blick und fühlte mich durch sein Kompliment sehr geschmeichelt. Als mir sein Blick aber den Rest des Abends folgte und ich das Gefühl bekam, er hätte mir die Bluse in Gedanken bereits mehrmals ausgezogen, wurde es mir etwas unheimlich und ich mied seine Nähe.

Dieses Gefühl blieb auch die nächsten Tage. Er schien meine Beine zu mustern, wenn ich diese eingecremt hatte. Er schnupperte an meinen Haaren, wenn sie frisch gewaschen waren, und ich ertappte ihn mehrmals dabei, wie er mir von oben in den Ausschnitt starrte.

Ich war mir nicht sicher, ob ich mir alles nur einbildete. Und mit wem hätte ich reden sollen? Etwa mit Ashley? Sicherlich nicht! Sie verhielt sich wie immer und schien nichts zu bemerken.

Zur Sicherheit beschloss ich jedoch, etwas Abstand von Dave zu halten, und versuchte, nicht zu oft mit ihm allein in einem Zimmer zu sein, um weitere peinliche Situationen zu vermeiden. Denn ich hoffte, dass er sich vor Ashley zurückhalten würde und auch keine weiteren anzüglichen Kommentare machte.

***

Am folgenden Samstagabend war ich wie so häufig mit meinen neuen Freunden aus dem Sprachkurs unterwegs. Wir gingen meistens ins Ryle‘s, weil sie es in dieser Kneipe mit der Ausweiskontrolle bei Frauen nicht so ernst nahmen.

Es war schon weit nach Mitternacht, als ich nach Hause kam. Leise schlich ich mich auf mein Zimmer, um die Kinder nicht zu wecken, die nebenan schliefen. Ich zog mir meine Schlafshorts und das Nachthemd an und huschte noch schnell ins Bad zum Zähneputzen.

In Gedanken ging ich bereits meine Pläne für den Sonntagsausflug mit einer Freundin durch, sodass ich die Schritte im Flur nicht hörte, die sich dem Bad näherten. Ich sah in den Spiegel, um nach dem Ausspülen meine Zähne zu kontrollieren. Da entfuhr mir ein leiser Aufschrei, als ich Dave hinter mir erblickte.

Er legte den Zeigefinger auf seinen Mund, um mich anzuweisen, keinen Ton von mir zu geben. Er zeigte auf die halb geöffnete Tür. Die Zimmer der Kinder waren nur wenige Meter von meinem Bad entfernt. Das Schlafzimmer von Ashley und Dave lag direkt über uns.

Ich rang nach Luft und starrte dabei immer weiter in den Spiegel. Was sollte das alles bedeuten? Was wollte er hier?

Erst jetzt bemerkte ich, dass Daves Oberkörper nackt war. Ich blickte im Spiegel an ihm hinunter und klammerte mich an den Waschbeckenrand, als ich sah, dass er seinen Schwanz aus den Boxershorts geholt hatte und masturbierte.

Schnell trat ich einen Schritt nach rechts, um aus dem Bad zu fliehen, aber seine Hand war schon an meinem Arm, umklammerte mich fest und sein Blick im Spiegel bohrte sich in meinen Kopf.

»Hiergeblieben, meine Schöne!«

Ich stellte mich wieder vor das Waschbecken und hielt mich daran fest. Dave stierte gierig weiter in den Spiegel. Seine Hand, die noch an meinem Oberarm war, ließ mich nun los und strich über meinen Po, der nur mit den Shorts bedeckt war. Bei dieser Berührung stellten sich meine Härchen an den Armen auf und meine Nippel wurden deutlich sichtbar unter dem dünnen Trägerhemdchen, das ich trug.

Das leichte Ziehen in meiner Mitte ließ einen warmen Schauer durch meinen Spalt fahren. Ich schluckte und traute mich nicht, mich auch nur einen Millimeter zu bewegen.

Dave flüstert mir von hinten ins Ohr: »Ich will dich hier und jetzt!«

Dabei wanderten seine Hände von meinem Po bis zu meiner Scham. Seine Hand fuhr von oben in meine Shorts und sein Finger glitt geschmeidig in meinen Spalt.

»Bitte nicht. Ich möchte nicht, Dave!«, versuchte ich ihn abzuhalten.

Aber schon als ich diese Worte aussprach, wusste ich, dass es sinnlos war. Er war wie ferngesteuert.

»Und ob du willst. Ich habe doch genau gesehen, wie du mich immer beobachtet hast. Außerdem merke ich doch, dass du da unten schon ganz feucht bist.«

Noch als er das sagte, begann er mich mit seinen starken Armen auf den Boden zu drücken. Jeder Widerstand wäre zwecklos gewesen. Er war einfach so viel kräftiger als ich. Also setzte ich mich auf den Badvorleger, um nicht auf den nackten, kalten Fliesen liegen zu müssen.

Was hatte er gesagt? Ich wollte es doch auch? Nein! Niemals! Oder vielleicht doch? Er hatte recht, denn ich war feucht! Und ich war erregt! Daves Körper war sehr gut gebaut und seine Brusthaare waren für mich wahnsinnig männlich.

Mein Herz hämmerte in meinem Brustkorb. War es Angst oder Erregung? Ich starrte zu Dave nach oben, der mich mit einem siegessicheren Grinsen ansah. Ich fühlte mich ertappt, denn nicht nur einmal hatte ich mir nachts in meinem Bett ausgemalt, wie es wohl mit ihm wäre. Und oft genug hatte ich mich bei diesen Gedanken selbst berührt und in Wonne versetzt.

Ein warmer Windhauch kam durch das Badfenster und streifte mich sanft. Jetzt konnte ich auch Daves herbes Aftershave riechen. Ich sog den Duft ein und schloss kurz meine Augen. Was war bloß passiert? Wie hatte ich in diese Situation kommen können? Was sollte ich jetzt tun?

Als ich meine Augen wieder öffnete, hatte Dave seine Shorts noch etwas weiter nach unten gezogen und ich sah, dass sein Schambereich und Sack rasiert waren.

Dave streifte mein Hemdchen nach oben und drückte mich dann nach unten, damit ich mich hinlegte. Er kniete sich über mich und zerrte an meinen Shorts. Sein Schwanz war inzwischen noch weiter angeschwollen, seine Eichel leuchtete rot und glänzte feucht. Ich hob mein Becken leicht an, damit er meine Shorts nach unten ziehen konnte.

Dann ging alles sehr schnell. Daves Hände fuhren zwischen meine Beine und spreizten sie. Seine Finger öffneten meine Schamlippen und er zwängte seine dicke Eichel in meinen schmalen Spalt.

Ein scharfer Schmerz ließ mich aufstöhnen. »Sei ruhig, sonst weckst du noch die Kinder auf!«, zischte er mir ins Ohr. Dann drang sein festes Glied langsam tiefer in mich ein. Ich versuchte mich zu entspannen, aber ich konnte es nicht. Meine Vagina krampfte sich immer fester um seinen Penis. Dave krallte sich in meinen Hintern und rammte seinen Schwanz noch tiefer in mich, bis er innen in mir anstieß. Ein Schmerzensblitz durchzuckte mich, ich ächzte und schloss die Augen.

Über mir war Daves leises Stöhnen. Sein Gesicht neben meinem. Bartstoppeln kratzten über meine Haut. Die Bewegungen in meinem Spalt wurden schneller. Ruckartiger. Fester. Heißer Atem an meinem Ohr. Und jetzt, ein fester Strahl in mir! Sein Stöhnen ging in ein Brummen über. Dann zog er sich zurück.

Ich atmete einmal tief durch und stellte fest, dass es nicht so schlimm gewesen war, wie ich befürchtet hatte. Seine Begierde und seine Männlichkeit hatten mich auch fasziniert. Er war anders als die beiden Typen, mit denen ich zuvor schon Sex gehabt hatte. Er war nicht süß und zärtlich, sondern kraftvoll. Eben ein Mann und kein Junge.

Ich blickte auf und sah Dave über mir knien. Sein Glied ragte noch leicht empor und er massierte es mit seiner linken Hand. Sein Oberkörper war von der Erhitzung gerötet und auf seiner behaarten Brust glitzerten Schweißperlen. Er grinste zu mir herab.

»So, mein Mädchen. Die erste Aufgabe hast du gut bestanden. Deine Fotze ist einzigartig. So etwas Enges hatte ich noch nie. Die werde ich schon noch ausweiten!«

Bei diesen Worten rückte er näher an mein Gesicht heran. Er umfasste meinen Kopf mit beiden Händen und hob ihn so an, dass ich mich etwas aufsetzte und sein Glied nun genau vor meinem Gesicht hing.

»Nimm ihn in den Mund und verwöhne mich so, wie es sich für ein Dienstmädchen gehört!«

Ich erstarrte erneut. Den Mund zusammengepresst sah ich auf den dicken Penis vor mir. Noch nie zuvor hatte ich ein Glied in den Mund genommen. So etwas war nichts für mich! Ich ekelte mich vor dem Gedanken, ihn mit meinen Lippen zu berühren, geschweige denn zu lecken. Und schon gar nicht so einen großen, wie ihn Dave hatte!

»Los! Mund auf!« Seine Stimme war leise, aber scharf.

Jetzt war da plötzlich ein angenehmes Ziehen in meinem Schoß. Wärme breitete sich aus. Ich gehorchte, nahm sein schlaffes Glied in meine rechte Hand und leckte ganz leicht an seiner Eichel.

Die Reaktion darauf war unglaublich! Sein Penis schwoll fast augenblicklich wieder an und verhärtete sich erst in meiner Hand, dann an meiner Zunge. Also machte ich wohl alles richtig. Ich schöpfte neuen Mut.

»Na komm schon! Steck ihn endlich rein!«, fuhr Dave mich ungeduldig an und rückte noch näher an mich heran.

Also öffnete ich langsam meinen Mund noch etwas weiter und führte Daves Schwanz fast bis zur Hälfte ein. Ich umspielte seinen Penis erst mit meiner Zunge, bevor ich vorsichtig an ihm saugte. In diesem Moment bäumte sich Dave auf, krallte seine Finger in meine Haare und ächzte leise.

Mit dieser Reaktion hatte ich nicht gerechnet. Ich war fasziniert. Ich wiederholte das Ganze, rieb mit meiner Zunge an seinem Schaft entlang und saugte leicht an seiner Eichel. Sein Stöhnen wurde etwas lauter und seine Finger umfassten meinen Kopf noch fester.

»Oh ja. Genau so!«

Seine Lust berauschte mich. Es war anders als zuvor, als er mich genommen hatte, wie er wollte. Denn jetzt war ich die Herrin und konnte über seine Lust verfügen! Das gefiel mir schon besser, auch wenn er mich »Dienstmädchen« genannt hatte. Ich grinste innerlich.

Und dann war da wieder dieses Ziehen in meinem Schoß. Wärme breitete sich aus. Ich ließ meine zweite Hand vorsichtig zu meiner Scham gleiten und streichelte mich heimlich etwas selbst, um meine aufkeimende Erregung zu stillen. Gleichzeitig sog ich immer stärker an Daves Schwanz und leckte intensiver.

Wieder gepresstes Stöhnen über mir. Seine Finger krallten sich in meine Haare. Daves ganzer Körper spannte sich an. Sein Becken bewegte sich im Takt. Keuchen. Lauter.

Ein heißer Strahl in meinem Mund.

Ich schluckte.

Sein Keuchen wurde leiser, bis er ganz von mir abließ und sich erhob.

Ich war noch zu perplex, um mich zu bewegen, bis Dave mir zuraunte: »So, meine Kleine, ich werde jetzt erst einmal eine Dusche nehmen. Du besser auch, damit du morgen wieder ordentlich zur Arbeit erscheinst. Halte dich nach dem Abendessen für mich bereit. Und wenn du ein Wort zu meiner Frau sagst, dann sorge ich dafür, dass du noch morgen im Flugzeug nach Europa sitzt!«

Als Dave mein Bad verlassen hatte, duschte ich sicher zwanzig Minuten, verkroch mich dann in meinem Bett und zog die Decke bis zum Kinn hoch. Ich versuchte zu schlafen, aber es ging nicht. Also fanden meine Finger schnell ihren Weg in meinen immer noch feuchten Spalt. Wie prall meine Liebesperle doch war! Mit wenigen Bewegungen versetzte ich mich in Wonne, stöhnte lustvoll in mein Kissen und schlief dann endlich ein.

***

In den nächsten Tagen und Wochen begann Dave mich regelmäßig aufzusuchen. Es lief meistens sehr ähnlich ab. Entweder besuchte er mich abends in meinem Bad oder er kam vormittags, wenn Ashley und die Kinder schon außer Haus waren.

Ich wollte es mir erst nicht eingestehen, aber bereits nach wenigen Tagen wartete ich schon fast darauf, wann er wohl wieder lüstern zu mir kommen würde. Denn noch nie hatte mich ein Mann so bedingungslos begehrt. Diese absolute Dominanz und Kraft, wenn er über mir war und sein Glied in mich stieß, überwältigten mich jedes Mal von Neuem. Ich ließ mich fallen, genoss seine Männlichkeit und das Verlangen nach mir. Ja, ich gebe zu, ich genoss es, Daves absolutes Lustobjekt zu sein.

Der zweite Teil unseres Spieles verschaffte mir dagegen eine besondere Befriedigung. Denn wenn ich seinen Penis in meinem Mund hatte, verspürte ich Macht über ihn, und die Wärme in meinem Schoß breitete sich sehr schnell aus.

Ich liebte es, ihn auf die Folter zu spannen und zu bestimmen, wann er kommen durfte. Dabei schob ich seinen Schwanz dann langsam oder schnell in meinen lüsternen Mund und leckte ihn leicht oder kräftig mit meiner Zunge. Wenn ich seine Härte dann aus meinem Mund nahm, weil ich wusste, dass er gleich kommen würde, bettelte er wie ein kleines Kind, dass ich mein Werk doch vollenden möge. Wartete ich zu lange, beschimpfte er mich wüst, bis ich ihn erlöste und er laut stöhnend in meinen Mund spritzte.

Mein aufgestautes sexuelles Verlangen befriedigte ich anschließend, wenn ich mich nach unseren Spielchen in meinem Bett selbst zum Höhepunkt streichelte. Dabei konzentrierte ich mich dann nur auf meine eigenen Empfindungen. In meiner Fantasie stellte ich mir dazu oft vor, wie Dave mich vor seiner Frau von hinten nahm. Dass Ashley uns zusah, störte mich nicht. Ich fand es sogar noch viel erregender auf diese Weise.

Aber erst als einige Wochen später eine Freundin mir mit hochrotem Kopf von ihren ersten Annäherungsversuchen und Berührungen mit ihrem Freund erzählte, wurde mir klar, dass ich mich zu einer richtigen kleinen Schlampe entwickelt hatte. Zu meiner eigenen Überraschung störte mich das jedoch nicht weiter. Vielmehr fühlte ich mich meiner Freundin überlegen und genoss den Gedanken an Daves pure Lust.

***

Eines Tages, als Dave und ich allein daheim waren und er mich wieder in sein Ehebett gezogen hatte, sagte er aus einer Laune heraus zu mir: »Ich will, dass du heute auf mir reitest. Du sollst hüpfen und meinen Schwanz so in dich stoßen, dass dein Busen bebt und ich mich gar nicht mehr zu bewegen brauche.«

Zuerst war ich sehr unsicher, weil ich sonst immer unten lag und Dave sich bei mir holte, was er wollte. Außerdem wusste ich gar nicht, wie ich Daves großen Schwanz in meine kleine Muschi einführen sollte. Da ich mich aber nicht traute, mich ihm zu widersetzen, kniete ich mich über ihn und umfasste seine Härte. Mit etwas Hilfe fand sein breites Glied schnell den Weg in meinen feuchten Spalt.

Als ich dann die ersten vorsichtigen Bewegungen machte und meinen Schamhügel gegen seine Lenden drückte, breitete sich eine wohliges Kribbeln in meinem Schoß aus, das ich bisher nur kannte, wenn ich mich selbst streichelte. Dabei spürte ich dieses Mal eine doppelte Stimulation. Denn von innen drückte seine Eichel gegen meinen Lustpunkt und von außen konnte ich mich an ihn drücken und dieses Gefühl verstärken.

Ich atmete laut aus, als das Kribbeln in meinem Schoß sich weiter ausbreitete und ich es mit meinen Bewegungen immer weiter intensivieren konnte. Ich probierte ein wenig, bis ich die beste Position auf Dave gefunden hatte. Dann verstärkte ich meine Stimulation, indem ich mich immer mehr an ihm rieb und seinen Schwanz nicht ganz in mich eindringen ließ, damit er auch weiterhin gegen mein Lustzentrum stieß.

Dave versuchte mich natürlich in seinen Rhythmus zu bekommen und tiefer in mich zu kommen. Als ich mich ihm widersetzte, wurde sein Griff um mein Becken fester. Aber angetrieben von dieser neuen Lust bewegte ich mich wie in Trance. Ich krallte mich in Daves Schultern und drückte mein Lustzentrum immer fester gegen seine Lenden. Eine Wärme stieg in meinem Schoß empor, wurde mit jedem Druck deutlicher, bis sie irgendwann wieder verschwand und ich mich entspannte. Dann ließ ich Dave wieder die Bewegungen bestimmen, bis er fest und laut kam.

Erst im Nachhinein wurde mir bewusst, dass ich gerade meinen ersten Orgasmus beim Sex erlebt hatte. Er war noch recht schwach gewesen, da ich zu wenig Erfahrung hatte, wie ich mich bewegen musste, um meine Klito noch stärker zu massieren. Aber ich konnte mein Glück kaum fassen.

***

Dieser Tag blieb mir nicht nur wegen dieses Erlebnisses in Erinnerung, sondern auch, weil ich am nächsten Morgen ein Gespräch mit meiner Gastmutter hatte.

Ashley bat mich nach dem Frühstück, mich noch zu ihr zu setzen. Dave hatte bereits das Haus verlassen und die Kleinen sahen nebenan fern.

»Was gibt es, Ashley?«, fragte ich neugierig und schenkte uns beiden noch einmal Kaffee ein.

»Anna, ich weiß, dass Dave es mit dir treibt. Ich habe es schon vor ein paar Wochen bemerkt.«

Meine Hand zuckte und ich schüttete einen Teil des Kaffees neben ihre Tasse. Ashley tat so, als hätte sie es nicht gesehen, und sprach weiter.

»Es war recht offensichtlich, weil Dave zuvor fast jeden Abend Annäherungsversuche bei mir machte, auch wenn ich nur selten Lust verspürte. Aber plötzlich hörte er auf. Und dann habe ich euch gehört. Besonders dich, wenn du gekichert hast.«

Ich stellte die Kaffeekanne ab, nahm meine Tasse in die Hand und wagte nicht aufzuschauen, während Ashley fortfuhr.

»Aber mach dir keine Sorgen, Anna. Das ist okay. Bei uns läuft es schon länger nicht mehr so gut im Bett, wenn ich das mal so offen sagen darf.«

Ich klammerte mich an meine Kaffeetasse, blickte vorsichtig auf und sah Ashley an. Sie schaute jedoch an mir vorbei und fixierte eine Ecke hinter mir im Raum. Sie sprach scheinbar ungerührt weiter: »Dave ist einfach so leidenschaftlich und braucht viel Befriedigung. Ich weiß das. Aber als Mutter zweier Kinder habe ich nicht immer die Kraft dazu.«

Sie nahm einen Schluck aus ihrer Kaffeetasse und sah mir dann doch noch direkt in die Augen.

»Die Idee mit dem Au-pair kam mir, weil ich wieder arbeiten wollte. Dave meinte damals scherzhaft, dass ich aber unbedingt eine Hübsche aussuchen sollte. Na ja, als ich dein Bild sah, wusste ich, dass du Dave sicherlich gefallen würdest. Ich habe es also in Kauf genommen, wenn du so willst. Es war für mich ein Kompromiss, mit dem ich gut leben konnte. Lieber so, als wenn er es mit anderen, fremden Frauen machen würde oder gar dafür bezahlte!«

Ich sah in meine Kaffeetasse und musste diese Worte noch einmal in meinem Kopf durchspielen. Hatte ich richtig gehört? Nicht nur, dass sie wusste, dass Dave sie mit mir hinterging. Hatte sie nicht gerade gesagt, dass sie es sogar guthieß?

Nein, dass sie es vielmehr so geplant hatte und es so wollte? Ich schluckte.

Ashley fuhr fort: »Ich weiß, dass Dave sehr liebevoll und romantisch ist, auch wenn er manchmal etwas stürmisch sein mag. Er verführt Frauen einfach gerne. Ich hoffe, du weißt das zu schätzen!«

Reflexartig blickte ich wieder auf und versuchte in Ashleys Augen ein nervöses Zucken zu erkennen, das ihre Lüge enttarnte. Aber sie schien wohl wirklich ein etwas anderes Bild von ihrem Mann zu haben als ich. Von Verführung konnte hier schließlich keine Rede sein …

Ich suchte nach den richtigen Worten und sagte zögerlich: »Verstehe ich dich richtig, Ashley, dass Dave nicht ahnt, dass du alles weißt und du ihn sogar indirekt dazu angestiftet hast?«

»Genau. Auch wenn sich das für dich vielleicht komisch anhört. Aber es ist ein gutes Arrangement, denke ich. Du kannst es dir aussuchen, ob du weiter mitspielen willst oder nicht. Ich erhöhe auch dein Taschengeld ab kommender Woche. Ich habe nur eine Bitte: Macht es nicht in unserem Ehebett. Ich habe da bereits einmal ein Höschen von dir gefunden. Das möchte ich nicht noch einmal erleben!«

***

Als ich an diesem Abend in meinem Bett lag, hörte ich leichtes Stöhnen aus dem oberen Stockwerk. Heute durfte Dave also bei Ashley ran. Oder wollte sie mir nur mit Nachdruck zeigen, dass sie doch noch Sex hatten und sie ihn auch befriedigen konnte?

Also würde Dave wohl nicht mehr zu mir kommen. Ich war schon fast etwas enttäuscht. Es war zwar erst einen Tag her, dass er mich das letzte Mal besucht hatte, aber ich wollte mich so gerne wieder an ihm reiben, um anschließend meine Macht über ihn zu spüren, wenn ich ihn im Mund hatte. Außerdem erregte mich die Vorstellung, dass Ashley alles wusste und ich wirklich Daves »Dienstmädchen« war, so sehr, dass ich den ganzen Tag über immer wieder feucht geworden war, wenn ich an ihn dachte. Auch hatte ich mich nach meinem

Gespräch mit Ashley bereits zweimal vor Verlangen selbst gestreichelt. Dave, wo warst du also?

Etwas traurig zog ich meine Decke hoch und streichelte mir selbst mit dem Finger über meinen Schamhügel. Mein Finger fuhr zwischen meine Schamlippen und drückte gerade sanft gegen meinen kleinen Liebesknopf, als ich Schritte auf der Treppe hörte.

Meine Zimmertür war nur angelegt. Das wollte Dave so, damit er keinen unnötigen Krach machen musste, wenn er zu mir kam. Kurz darauf steckte er seinen Kopf zu mir herein und trat nackt durch meine Tür. Sein Penis war hart und stand senkrecht von seinem Körper ab.

»Ashley schläft schon. Wir hatten gerade etwas Sex, aber ich konnte nicht kommen, weil ich immer nur an deine enge Möse denken musste. Los, ich brauche dich!«

Noch während er sprach, zog Dave mir meine Bettdecke weg. Er sah, dass mein Finger bereits in meiner Muschi steckte, und grinste: »Sehr gut, dann bist du also schon bereit.«

Ich seufzte glücklich auf bei dem Gedanken, dass er es jetzt mit mir treiben wollte, obwohl Ashley oben war und es wahrscheinlich genau hören konnte. Denn ich war sicher, dass sie nicht schlief. Und ich hatte nicht vor, meine Lust dieses Mal leise auszuleben!

Dave nahm mich mit der vollen Begierde ungestillter Lust. Ich ließ ihn gewähren und flüsterte dabei in sein Ohr: »Ja, nimm mich!«

Seine Hände kneteten meine Brüste, seine Härte presste sich in meinen Spalt. Ich spreizte meine Beine, schlang sie um seinen Rücken und drückte mein Becken von unten gegen seine Lenden. Ja, da war wieder dieser warme Schwall der Lust, der sich in meinem Schoß ausbreitete. Ich drückte stärker, aber Dave presste mich in das Bett zurück und hielt mein Becken fest: »Bleibt so liegen. Nicht bewegen!« Mit schnellen Bewegungen fuhr er in mich. Sein Stöhnen an meinem Ohr. Ich drückte mich wieder gegen ihn. Ein kleiner Druck reichte, um die Wärme wiederherzustellen.

»Oh ja, hmm …«, ich konnte nicht mehr an mich halten.

Aber Dave dachte nicht daran, mich zu befriedigen. Er wollte mich anders nehmen und zeigte mir das auch. Er hielt meine Beine mit seinen Armen seitlich fest und drückte seine Härte in mich. Immer intensiver, immer schneller. Sein Atem neben meinem Ohr. Erst leise, dann immer lauter. Hecheln, Ächzen und die Erlösung mit zwei tiefen Stößen!

Während ich noch spürte, wie sein Sperma pulsierend in mich schoss, ließ Daves Umklammerung nach und er entspannte sich. Ich verschränkte meine Beine wieder hinter seinem Rücken und begann mich nun wieder von unten gegen ihn zu drücken.

Sein weicher Schwanz schmiegte sich wunderbar von innen an mein Lustzentrum. Ich hob mein Becken und rieb mich in meinem Takt an seinen Lenden. Erst langsam, dann etwas schneller und fester.

Dave bemerkte mein Drängen zunächst nicht, weil er noch von seinem Orgasmus verschnaufte. Ich seufzte leise und presste mich noch mehr an ihn, aufgeladen von meinen erotischen Fantasien, die mir den ganzen Tag durch den Kopf gegangen waren. An allen möglichen Orten hatte ich es heute bereits in Gedanken mit Dave getrieben. Und immer war Ashley in der Nähe und konnte uns beobachten. Und jetzt lag sie oben in ihrem Schlafzimmer und hörte uns wirklich! Bei diesem Gedanken stöhnte ich auf. Ich presste mein Becken stärker gegen Dave und stöhnte erneut auf. Ich bemühte mich, nicht zu laut zu sein wegen der Kinder im Nebenzimmer. Gleichzeitig war ich aber trotzdem laut genug, dass Ashley es hören konnte, wenn sie darauf achtete.

Daves Körper lag nun schwer auf mir, aber ich bewegte mich immer weiter vor und zurück. Mit jeder Bewegung wurde meine Lustperle dicker und empfindlicher. Mein Schoß begann zu glühen. Ich drückte mich fester gegen ihn. Erst gegen seinen Schwanz, dann gegen sein Becken. Noch einmal, zweimal. Das Glühen wurde stärker. Ich ächzte, krallte mich in seinen Rücken, zog mich an seinen Armen nach oben. Wieder ein Stöhnen. Dieses Mal aber war es Dave! Seine Stimme an meinem Ohr löste eine Explosion in meinem Schoß aus! Ich keuchte laut auf, als die Lust durch meinen Körper sprühte und meinen Leib in Brand setzte! Dave legte mir sofort seine Hand auf den Mund. Aber das war mir egal. Ashley sollte ruhig hören, wie ich meinen Spaß mit Dave hatte …

***

Die nächsten Wochen waren für mich eine Mischung aus ungestillter Begierde, Lust und purem Verlangen. Ich genoss es, wie Dave mich nahm, mich seine Dominanz und Kraft spüren ließ, bis ich mich dann anschließend so an ihm rieb, dass ich ebenfalls kommen konnte.

Eines Abends zog Dave mich wieder in Richtung seines Schlafzimmers. Ich musste an Ashleys striktes Verbot denken und zögerte, als wir vor der Tür standen.

Dave zerrte schon fast an meinem Arm. »Was ist? Jetzt komm schon!«, fuhr er mich an.

»Sollten wir das nicht lieber lassen? Denkst du nicht, dass sie das bemerkt?«

Aber Dave drängte mich von hinten in das Zimmer, stieß mich schon fast auf das Bett, schob mir den Rock über meinen Po, zog mein Höschen herunter und drang stürmisch von hinten in mich ein. Ich verkrampfte und versuchte ihn von mir wegzustoßen.

»Jetzt zier dich nicht so. Du sollst machen, was ich dir sage. Also Beine breit und stillhalten!«

Diese Worte trafen mich wieder in meinem Innersten und erinnerten mich an meinen Platz ihm gegenüber. Ich war diejenige, die gehorchen musste. Ich war sein Dienstmädchen und er mein Gebieter!

Bei diesem Gedanken zog es in meinem Magen und ich wurde sofort feucht. Willig spreizte ich meine Beine und reckte ihm meinen Po entgegen, damit er mich besser nehmen konnte.

Wir kamen beide sehr heftig.

***

Ashley hatte scheinbar nicht bemerkt, dass wir es doch wieder auf ihrem Bett getrieben hatten. Oder sie wollte es nicht merken.

Meinen Aufenthalt bei Ashley und Dave beendete ich dennoch wenige Wochen später. Denn ich hatte einen attraktiven Collegestudenten kennengelernt, und bald darauf waren wir ein sehr verliebtes Pärchen. Ich konnte aber unmöglich mit ihm zusammen sein, wenn ich es nebenbei mit Dave trieb. Also kontaktierte ich meine Koordinatorin und erbat einen Familienwechsel innerhalb der Stadt.

Nach meinem Umzug rief mich Dave noch ab und zu an. Er machte mir dann alle möglichen Angebote, damit ich ihn traf. Oder er beschimpfte mich wüst. Aber ich widerstand. Auch wenn es mir nicht leicht fiel. Bei jedem Telefonat wurde ich sofort sehr feucht und berührte mich automatisch selbst. Also ging ich einfach nicht mehr ans Telefon, wenn ich seine Nummer sah. Denn ich war verliebt und holte mir meine Befriedigung bei jemand Neuem.

Jetzt wusste ich ja, was ich brauchte!

Golden Devil
Pure Erotic